大富豪同心

漂着 うつろ舟

幡大介

双葉文庫

目次

第一章　黒船が来た　7
第二章　天下の嫌われ者　59
第三章　遭難の海　110
第四章　うつろ舟　162
第五章　暗闘　211
第六章　源之丞裁判　261

漂着　うつろ舟　大富豪同心

第一章　黒船が来た

一

闇の中を怪しげな一団が進んできた。月もない暗夜《あんや》だというのに提灯《ちょうちん》すら持っていない。常夜灯の近くを通る際には人相を見られぬように顔を背ける。誰も一言も口を利かず、足音まで忍ばせていた。

一団の中に山岡頭巾《やまおかずきん》で面相を隠した男がいる。ゾロリと長い装束《しょうぞく》は、頭巾のてっぺんから草履《ぞうり》の裏まで金がかかっている。その後ろには滑稽な仕種《しぐさ》の小男が従っていた。

「大丈夫なんでげすか、若旦那。どんどん薄ッ気味の悪い所へ向かっていくでげすよ」

山岡頭巾をかぶった男が「うふふ」と笑った。

「そりゃあね、お上の法度《はっと》に背く商いだからね。人気《ひとけ》のない所へわざわざ向かうのは、それだけ掘り出し物が待ってるってことさ。ああ、楽しみだねぇ」

卯之吉《うのきち》は曲がりなりにも町奉行所の同心――。それなのに違法取引の現場にいそいそと足を運ぶとは何事か。露顕したなら切腹も免れない。引き返すなら今のうちだ、と銀八《ぎんぱち》は思ったのだが、そう窘《たしな》めても聞き入れる卯之吉ではないこともわかっていた。

一団は一軒の料理茶屋（高級料亭）に向かう。深川《ふかがわ》の町外れに立っていた。大《おお》川《かわ》の水音が聞こえてきた。

「こちらですよ皆様、どうぞお揚がりを」

中から男が出てきて皆を戸口に招き入れた。

「手前が本日の集まりを差配させていただきます、大野屋儀左衛門《おおのやぎざえもん》と申します。雨戸には目張りをしてございます。明かりが外に洩《も》れることもございません。どうぞご安心を」

謎の男たちは料理茶屋に入った。行灯《あんどん》の明かりが男たちの姿を照らす。皆、身《み》形《なり》に金のかかったお金持ちばかりであった。

卯之吉も最後に入る。銀八は中には入らない。

「あっしは外で待たせていただくでげす」

「そうかい。異変があったら報《しら》せておくれ」

卯之吉は皆に続いて階段を昇った。二階の広間に踏み込んだ。

「おお！」

と皆が歓声を上げている。広間には所狭しと唐渡り《からわた》（輸入品）の珍奇な品々が並べられていたのだ。

ペルシャ製の金のポットとカップ。絨毯《じゅうたん》。インドや中国の陶磁器。虎皮の敷物。孔雀《くじゃく》の剝製。螺鈿細工《らでんざいく》の箪笥《たんす》や玉手箱。紅珊瑚《べにさんご》の置物に櫛《くし》や簪《かんざし》。異国の美女が描かれた油絵。そして何に使うのかもよくわからない機械の数々……。

「これは素晴らしい！　どれもこれも天下の逸品ですぞ」

「目移りがいたしますなぁ！」

金持ちたちはヨダレも垂らさんばかりの顔つきで宝物に歩み寄り、舐《な》めんばかりに顔を近づけて鑑定し始めた。

卯之吉の関心は謎の機械に釘づけだ。

「顕微鏡だねぇ。おや！〝すたんほーぷ〟の製造かね。これは良い物だよ」

顕微鏡に取り付けられた真鍮板《しんちゆうばん》の文字を読み取って賛嘆している。

好事家《こうずか》たちはもう、辛抱もたまらない。

「さっそくにも競《せ》りを始めようじゃないか！　大野屋さん、頼みましたよ」

皆に促されて大野屋が仕切り始めた。

「それでは始めましょう。いつものように、いちばん高い値をつけた御方の手に渡ります。恨みっこなしですよ。では、最初はこちらの銀細工から！」

「百両！」

「あたしは百二十両だ！」

「それならこっちは百五十両！」

皆で威勢よく声を張り上げた。


卯之吉は顕微鏡を競り落とした。そんな不思議な機械を欲しがる者は卯之吉しかいなかったので、存外に安く買い落とせた。とはいえ三百両もの散財であったが。

もちろん大金を持ち運びはしない。三国屋《みくにや》の印が押された五十両手形を六枚、差し出したのだ。小切手のような物である。

「ああ、良い買い物をしたねぇ」

箱に納められた顕微鏡を持って階下におりる。銀八を呼んだ。

「これを持っていておくれ。大事にしておくれよ」

箱を渡すと卯之吉は二階に戻ろうとした。ところが進むべき廊下を間違えて裏庭に通じる縁側に出てしまった。

建物の中で道に迷うのは卯之吉にしかできぬ芸当であろう。

ところがである。暗い裏庭に何者かがいた。卯之吉は人影に気づいて立ち止まった。

「そこに身をひそめているのはどなただえ」

声をかけると植え込みの中から男が出てきた。

「チッ、見つかっちまったもんは仕方がねぇ。やいっ、神妙にしやがれッ」

十手を突きつけながら一人の同心が現れる。卯之吉には良く見知った顔だった。

「おや。粽《ちまき》さんじゃござんせんか」

南町奉行所の新米同心、粽三郎《さぶろう》だ。粽のほうも卯之吉を見て驚いている。

「えっ、八巻《やまき》さん？」

「そんな所でなにをなさってるんだえ？」

「オ、オイラはここで張り込みを……。今夜、ここで抜け荷の品の売り買いがあるって訊いたもので」

「ほう、そうだったのかい」

「村田《むらた》さんたちも捕り方を率いて外で待ってますよ。オイラが合図を送ったら、この料理茶屋に踏み込んで召し捕るってぇ寸法で。……ところで八巻さんは、商人《あきんど》の姿で何をしているんです？　あっ、隠密働《おんみつばたら》きか！　抜け荷の一味の中に潜り込んで証拠を押さえようってんですね？」

「えっ？　あっ、まぁ……」

卯之吉は庭に下りた。懐から紙入れ（財布）を取り出して小判を摑み、懐紙《かいし》に挟んで粽の袖に入れた。

「なんです？」

暗くてよくわからなかったらしい。粽は袂を探って取り出して仰天した。

「小判！　五両も！」

花札を持つようにして広げる。

「粽さん。村田さんに合図を送るのは、四半刻《しはんとき》（約三十分）ばかり待っておくれじゃないかね」

「えぇっ」

「頼みましたよ、お役人様」

卯之吉はそそくさと二階座敷に戻る。粽は小判と卯之吉を交互に見て茫然としている。


「粽の野郎、合図が遅いじゃねぇか。何をしてやがるんだッ」

村田が掘割の土手《どじ》に隠れている。周囲には捕り方も一緒だ。

同心の尾上《おがみ》も焦れている。

「あの新入り、まさか、悪党に捕まっちまったんじゃねぇでしょうね」

などと言いあっていると、合図の呼子笛《よびこぶえ》が聞こえてきた。

「粽だ！　よしっ、かかれッ」

村田の合図で御用提灯が掲げられた。

「御用だッ」

村田が先頭に立って料理茶屋に踏み込む。草鞋《わらじ》も脱がずに階段を駆け上った。

「神妙にしやがれッ」

襖をパーンと開けて踏み込むと、座敷では商人たちが茶器を前にして歓談していた。

「こちらが三代目楽屋《らくや》長次郎《ちょうじろう》の手になる茶碗にございます。京のさるお公家《くげ》様が手放された名品にございますよ」

「ほう。これが噂に名高い楽焼《らくやき》の茶碗ですか。なるほど見事なものですなぁ」

「こちらは古天明《こてんみょう》の茶釜にございます。形の美しさはもとより、火の回りも素晴らしいものがございます」

「これもまた見事！　信長様が欲しがった平蜘蛛《ひらぐも》茶釜もかくやの逸品！」

　豪商たちが茶道具を自慢し合っている。

「な、なんなんでぃ……」

　なにがなんだかわからず、村田も茫然と突っ立っているばかりだ。

　そこへ粽が擦り寄ってきた。

「抜け荷の品の密売会ってのは、どうやら勘違いだったみたいですね。下ッ引きに嘘を掴まされたんでしょう。見ての通りにただの茶好きの集まりですよ」

　下ッ引きとは情報屋のことだ。

「そんなわけはねぇッ。俺が下ッ引きに騙されたッて言いてぇのかッ」

村田は粽の襟首を摑んで絞り上げた。粽は苦しげに呻くばかりだ。

「あら、村田様じゃござんせんか」

艶冶《えんや》な声が聞こえた。着飾った菊野《きくの》が芸者衆を引き連れて廊下を渡ってきたのだ。蕩《とろ》けるような笑顔を村田に向ける。

「村田様もお茶道具にご感心がおありで？　粋なご趣味もお持ちなんですねぇ」

「馬鹿ァ抜かせッ」

村田は鬼の形相で歯嚙みした。

座敷の金持ちたちは手を叩いて喜んでいる。

「よっ、菊野姐《ねえ》さん、待っていたよ。名物茶道具を手に入れたお祝いだ。さぁ、派手にやっておくれ」

大野屋儀左衛門が作り笑顔ではしゃいでいる。芸者衆は「あーいー」と答えて座について、三味線《しゃみせん》を掻き鳴らし始めた。

「クソッ、馬鹿馬鹿しいぜ！」

村田は激怒し、捕り方たちに八つ当たりしながら出ていった。それを見送って菊野が「ふふっ」と微笑んだ。

「ああ危なかった。粽さんがいてくれて助かったよ」

夜道を卯之吉が歩いている。銀八は顕微鏡の箱を抱えていた。

「しかしまぁ、よくも咄嗟《とっさ》に切り抜けたもんでげすね」

「抜け荷の品は天井裏の物置に隠したのさ。大野屋さんもこの筋では知られた遣り手さ。奉行所の手入れは慣れてるからね。まぁ、無事にすんでよかったよ」

「若旦那が捕まっていたら、目も当てられねぇところでげしたよ」

「ハハハ。そうしたら牢を破って異国にでも逃げようかねぇ。異国には面白い物がいっぱいありそうだからね」

「あっしは、異国まではお供できねぇでげすよ」

銀八は唇を尖《とが》らせた。

二

話は一年前に遡《さかのぼ》る——。
アメリカ合衆国の大統領、ジェームズ・マディソンが大統領執務室に入ってきた。待機していた海軍提督が直立不動で迎える。

大統領官邸は独立戦争の際にイギリス軍の攻撃を受けて焼亡《しょうぼう》した。黒焦げになった石壁を無惨に晒《さら》していたのだが、この頃、焼け残った石壁はそのままに内部が再建されている。

黒焦げを隠すため、外壁は白いペンキで塗られた。そしてホワイトハウスと呼ばれるようになった。

ホワイトハウスの再建は、アメリカ合衆国が独立戦争の痛手を克服し、大発展の時期に入ったことを示している。

大統領は提督に笑みを向けた。

「良く来てくれた。トマス・フィールド提督。今日は君の話をじっくりと聞きたい」

トマスは低頭して感謝の意を伝える。

「けっしてお時間を無駄にはいたしません」

トマスは四十歳ほどの大男だ。両肩の金モールと金ボタンが眩《まぶ》しく光っている。海軍提督という重職に就いているにしては若い。だがそれこそがアメリカなのだ。アメリカは若い国であった。

「早速だが話を聞こう。海の向こうの……日本とかいう国の話だったな」

壁には二枚の海図がかかっている。大西洋の地図と太平洋の地図だ。大統領は太平洋に目を向けて言った。

「地球の反対側ではないか。なんと遠い国であることか」

トマス提督は「お言葉ですが」と続けた。

「どれほど遠方であろうとも、日本には遠征するだけの値打ちがあります。こちらをご覧ください」

提督が海軍士官を呼ぶ。士官はトレイを掲げて入ってきた。大統領はトレイに載せられた物体を見た。

「打ち延ばされた金貨のようだが？」

「これが日本の貨幣、コバンにございます」

大統領は手に取った。トレイにはもう一つ、白い紙に包まれた物が置かれている。トマスは説明する。

「その紙にはコバンが二十五枚、包まれております。日本人はコバンを束にして買い物をするのでございます」

「なんだと？」

大統領の目の色が変わった。江戸の商人ならお馴染《なじ》みの〝包み金〟だがアメリカ人にとっては驚異の代物《しろもの》だ。大統領は紙を破る。確かに金貨が出てきた。これには仰天させられた。

「なんと豊富な金貨か。提督よ、日本とはこんなにも豊かな国なのか」

「いいえ。貧しい国です。物資は乏しく、農業生産も低く、冷夏のたびに国民は飢えに苦しんでおります」

「豊富な金貨があるのにか？」

「物資の乏しい国であるにもかかわらず、鉱山から、金だけは大量に採れるのでございます」

「すると、金の値打ちは低いのだな？」

「いかにも。しかも日本人は他国との交易をしないがゆえに、金の国際相場を知りませぬ。アメリカが日本と貿易をしたならば、アメリカはわずかな交易品で膨大なコバンを手に入れることが叶《かな》いましょう」

「そんな上手い話があるのか」

「近年、イギリス艦隊とロシア艦隊が日本の近海に出没し、日本に貿易条約の締結を迫っております。大統領！　後れを取ってはなりませぬ！　日本というマーケットはアメリカが手に入れるべきなのです」

「だが、日本人に何を売るべきか。考えはあるのか」

「鉄砲を売りつけましょう。日本の支配者はサムライ——ヨーロッパでいえば騎士たちです。武器ならば喜んで買いましょう。さらに日本人を武装させ、イギリスやロシアと戦うように仕向けたならば、アメリカは兵をつかわずに日本というマーケットを守ることができます」

「イギリスとロシアを敵に回すことになりかねぬな」

「大統領！　ジョージ・ワシントンを思い出してください」

執務室の壁に、初代大統領ワシントンの歴史画がかけられている。独立戦争の激戦〝ワシントン砦《とりで》の戦い〟を指揮する姿が描かれていた。

イギリス軍の砲弾がふりそそぐなか、敵に姿をさらして陣頭指揮を執る勇壮な姿だ。星条旗もたなびいている。——アメリカ人が理想化した英雄の肖像であった。

「アメリカ人は困難を恐れてはなりませぬ。常に世界の先頭を突き進むべきなのです。

大統領は決断した。

「わかった。提督、軍艦四隻をあなたに託す。日本のサムライを説得して、アメリカとの通商条約を結ばせるのだ」

「必ずや、よき報告を持って帰りましょう！」

提督は意気揚々と執務室を出た。

＊

ジャーン、ジャーン、と、銅鑼《どら》が打ち鳴らされた。

真夏の琉球国《りゅうきゅうこく》はいつでもどんよりと曇っている。湿度が高くて蒸し暑い。

「異国の船だぞーッ！」

灯台の上で見張りの男が叫んだ。

銅鑼は打ち鳴らされ続ける。港で働く男たちの他にも、近隣の住人たちが集まってきた。

海原には四隻の巨大な船が浮かんでいた。

ここは琉球国（沖縄県）の運天《うんてん》港。琉球国では最大の港だ。

源平合戦《げんぺいがっせん》の砌《みぎり》、源　為朝《みなもとのためとも》（源頼朝《よりとも》の叔父）が流刑の末に流れ着いた場所だとされている。古来より多くの人々を惹き付けてきた良港なのだ。

港には実に様々な船が停泊していた。福建《ふっけん》商人の船もある。日本から渡ってきた船も見えた。帆には〝丸に十字〟の家紋が黒く染められていた。九州南部の大大名、島津《しまづ》家の家紋だ。

慶長《けいちょう》十四年（一六〇九年）、徳川幕府の黙認の下《もと》、島津家は琉球国に侵攻を開始した。その際にも島津軍はこの港から上陸した。それ以来、この地には島津の代官が置かれ（日本人にとっては）長崎《ながさき》と並ぶ国際貿易港として重きをなしてきたのだ。

港の騒ぎを聞きつけて薩摩《さつま》の代官が浜に下りてきた。ここは琉球であるのだが、港を管理しているのは薩摩人だ。

代官の姿を一目見るなり琉球人は露骨に顔をしかめる。

「ひーらーの高隅外記《たかすみげき》だぞ」

ひーらーとはゴキブリのことである。沖縄でも嫌われ者の害虫だ。

「あの野郎め、また年貢をあげおった」

「奄美《あまみ》では黒糖の年貢をきつく搾り取っておるという話だぞ」

「人の生き血を啜《すす》る魔物《マジムン》のような男じゃい」

琉球周辺の島々には薩摩の島津家が様々な名目で年貢や税金を課してくる。これがじつに重い。

怨嗟《えんさ》の的《まと》は代官の高隅に向けられている。

高隅は四十歳ばかりの男だ。顔色は青黒い。もともと顔色が悪いところへ日焼けまでしている。そしていつでも機嫌が悪い。まさに青鬼のような男だ。

高隅は目を細めて遠望した。

「エゲレスの船でもなければ、オロシャの船でもないようだな」

エゲレスとはイギリス、オロシャはロシアのことだ。近年、日本近海によく出没する。高隅も両国の国旗は知っていた。

しかし目の前の船が掲げた旗は、いまだかつて一度も目にしたことがない。

「いずこの船か」

配下の者に質《ただ》す。配下の武士は望遠鏡を目に当てて船の国旗を確かめた。

二十個の白星と十三本の赤白線。二十の州で構成された当時の星条旗だ。

「メリケン国の旗と見憶えまする」

「メリケン国か。いったい何をしに参ったのか」

「甲板《かんぱん》に兵が見えまする。が、皆、銃の筒先を上に向けておりまする」

銃口をこちらに向けていたなら敵対、上に向けていたなら表敬を意味している。運天港は国際港だ。日本人でもそれぐらいの国際常識は弁《わきま》えていた。

＊

アメリカの船でも入港の作業が進められていた。

「錨《いかり》を下ろせー！」

甲板士官が命じる。暗い船内では船員たちが忙しく働いている。皆、アメリカ海軍の軍人たちだが、水兵たちは上半身裸で、大汗を滴らせていた。

きっちりと軍服を着ているのは上級士官だけだ。その士官が水兵をかき分けてやって来た。

「ハンザはどこにいる！」

「アホーイ！　半左《はんざ》はここにいます」

一人の若者が立ち上がり、首を伸ばして答えた。周りは屈強なアメリカ男性だ。その男はずいぶんと小柄であった。黒髪を紐《ひも》で縛るという不思議な髪形をしている。やはり半裸で、水兵に交じって働いていた。

士官は「よろしい」と頷《うなず》いてから言った。

「提督《アドミラル》がお呼びだ。ついて来い」

それから半左の姿を見て、顔をしかめて、

「シャツを着ろ」

と命じた。

半左は階段を上った。まるで梯子《はしご》のように急な角度だ。アメリカ海軍ではラッタルと呼んでいる。

階段を上りきるとそこは上甲板《じょうかんぱん》だ。曇天ではあったが眩しさに目が眩《くら》んだ。目の前に陸地が見える。港から船が何隻も漕ぎ出してきた。アメリカ艦隊を取り囲んだ。

半左は慣れぬ手つきでシャツのボタンを止めて裾をズボンに差し込んだ。ちょんまげにシャツとズボンという、ちょっと珍妙な姿となった。

艦橋《かんきょう》の上にトマス提督の姿があった。艦長や上級士官を従えている。屈強で厳《いか》めしい男たちの中に一人だけ可憐《かれん》な少女の姿があった。白いドレスを着てボンネットという日除けの帽子をかぶっていた。

「ハンザ！」

半左の姿を見つけるとラッタルを駆け下りて寄ってきた。弾けるような笑顔だ。

「あれが日本、あなたの生まれた国なのね！」

早口のアメリカ英語だ。半左の耳はすっかり聞き取ることができた。

しかし喋《しゃべ》るのは相変わらず苦手だ。ボツボツとつっかえながら答えた。

「いいえ。ミ・レイディ、ここは琉球です。日本ではありません」

少女は不思議そうに首を傾《かし》げた。

「日本ではないの？　どうして？　お父様は日本が目的地だと言っていたわ」

「お答えします。ミ・レイディ。目的地は日本です。しかし日本という国は外国人との関わりを持ちません。うっかり日本の海岸に近づくと砲撃をされます」

「まぁ！　どうして？」

どうしてと訊かれても、一介の船大工だった半左に答えられるはずもない。

日本の港では国際貿易が固く禁じられている。いわゆる鎖国政策だ。だからこそ琉球を外国への窓口として使う必要があったのだ。

「長崎や平戸《ひらど》にはオランダや清国《しんこく》の船しか入れません。イギリスの船は琉球に寄港して、日本に売りたい商品を下ろすのです。ロシアの船は蝦夷地《えぞち》に入港して、アイヌという人々を介して商いをしていると聞いたことがあります」

「どうしてそうなっているの？　日本人は何を考えているの」

好奇心が旺盛な娘だ。頭の回転も早く、なんでも知りたがる。

「お詫《わ》びします。ミ・レイディ。わたしにはわかりません」

すると少女は頬を膨らませた。不機嫌の印だ。

質問に答えられなかったから怒ったのか、と思ったのだが、そうではなかった。

「ミ・レイディなんて呼ばれるのは嫌。あたしにはアレイサという名前があるの。アレイサと呼んでちょうだい」

ミ・レイディとは〝わたしがお仕えしているお嬢様〟という意味で、使用人や奴隷が雇い主の娘に向かって使う言葉だ。半左は奴隷ではないけれども、提督の娘に対して呼びかけるのにふさわしい言葉だと思っていた。だが、お嬢様はお気に召さないらしい。

「あなたもこの琉球で船を降りて、日本に帰るのね」

「わたしを助けてくださったアメリカの皆さんには感謝しています」

「ハンザ、あまり嬉しくなさそう」

「嬉しくなさそう？　そうですか？」

半左は両手で自分の顔を擦った。アレイサもちょっと寂しそうな顔をした。

「あたしも嬉しくない。せっかくハンザとお友達になれたのに、お別れなんて」

「お友達――」

半左はちょっと胸を突かれた思いだ。アレイサはアメリカの上流階級。大名のお姫様と同じだ。それにひきかえ半左は外国人の漂流民で、日本での身分は船大工だ。そんな二人が友達になるなどとは、日本の常識では考えられない。

なんと答えたものか迷っていると、士官の一人に呼ばれた。

「ハンザ、ブリッジへ来い。日本人が来たぞ。通訳を頼む」

半左はアレイサに会釈するとブリッジに向かう。甲板の上にさらに高く建てられた構造物だ。

甲板から下ろされた縄ばしごを使って武士が乗り込んできた。島津の代官所の役人だろう、と半左は見当をつけた。

その役人が、居並ぶアメリカ人に向かって何事か叫んだ。

トマス提督がハンザにジロリと目を向ける。

「なんと言っている？」

正直なところ半左にも聞き取れない。あまりにも強烈な薩摩弁であったからだ。

　ともあれ島津の役人に向かって言う。

「こちらはメリケン国の水軍大将で、メリケン国の首領様のご上使様です。お名前をトマス・フィールド様と仰《おつしや》います」

　すると役人がまた何か言った。

　訛《なま》りがきつすぎて、やはり、何を言ってるのかわからない。

　この場の全員が半左の通訳を期待している。皆が半左に目を向けている。半左は困り果ててしまった。

「あのぅお侍様。……オイラは遠州《えんしゅう》の出なんでございますが、どなたか、遠州の訛りで話せる御方はいらっしゃらねぇでしょうか……」

　恐る恐る訊ねると、薩摩の役人は露骨に気分を害した顔をした。

三

　薩摩国の内海を望む離島に島津家の御殿があった。内海とは鹿児島湾《かごしま》のことだ。御殿の窓から桜島《さくらじま》の噴煙が見える。

　この離島の御殿は、島津家の隠居、道舶《どうはく》のために建てられた。大名家の当主は城の御殿で暮らすけれども、隠居したなら息子に居城を譲って隠棲《いんせい》しなければならない。道船は領内を巡検して、この小島を隠居場に定めたのだ。

とはいえずっとここに引きこもっているわけではない。息子の薩摩守が参勤交代で江戸に出府している時には、道船が当主の代理として政務を担当する。鹿児島の居城で辣腕《らつわん》を振るっていた。

道船は海を眺めている。すると船着場から声が聞こえてきた。間もなくして、真っ黒に日焼けした男たちが庭に通されて入ってきた。袖のない野良着を細い帯で締めている。貧しい漁師の風体《ふうてい》だった。

道船は上機嫌で目を細めた。

「おう。お前《まい》たっか」

お前たちか、という意味の鹿児島弁だ。道船にとっても親しみを感じる顔ぶれだ。道船は機嫌よく縁側まで出てきた。

良く日焼けした男たちは恐縮して地べたに手をついた。深々と低頭したまま言《ごん》上《じょう》する。

「ご隠居様がお越しになったと聞いたもんで、魚を献上に参りました！」

目の前の海で獲《と》れたのであろう、新鮮な魚が板に載せられている。

道舶は「うむ」と大きく頷いた。

「なによりの馳走《ちそう》じゃ。ありがたく受け取るぞ」

「ははーっ」

真っ黒な男たちは庭から出ていく。道舶はその後ろ姿を見送った。

漁師にしか見えない男たちだったが、腰帯には大小二本の刀を差している。本当の身分は武士なのだ。

戦国時代の島津家は九州の大半を領有する大大名であった。家臣団も膨大な人数を擁《よう》していた。

ところが秀吉《ひでよし》の征伐を受け、続いて関ヶ原《せきがはら》の大戦で敗北した。島津家は多くの領地を失った。

領地が減れば、それだけ武士の収入が減る。下級の藩士は年貢で生活できず、農民や漁師のように自活しなければならなかった。戦場を騎馬武者姿で駆けた栄《は》えある武士が、今では極貧生活を余儀なくされていたのだった。

座敷に、側近の武士が入ってきた。

「老公に申しあげます。琉球より代官の高隅外記が参りました」

高隅が縁側を渡ってやってくる。障子の外で正座して平伏《へいふく》した。代官の身分では同じ部屋に入ることは許されない。

「何用じゃ」

問われた高隅外記が顔を上げた。だが、用件は言わない。（お察しください）と言わんばかりの顔をしている。

道舶はサッと手を振った。側近の武士に退席を命じたのだ。道舶はあらためて高隅に目を向けた。

「して、首尾は？」

「メリケン国のトマスは、大殿のお招きに応じると返事を寄越しましてございまする。今宵《こよい》、小舟でこの島に渡る手筈《てはず》を調えましてございまする」

「おう、でかした！」

「つきましてはトマスより献上の品にございます」

高隅が携えてきた物を差し出す。道舶は受け取ると袋の紐を解いて中の物体を取り出した。

「メリケンの新式鉄砲か！」

銃身が黒光りしている。

「我が国の火縄銃より、遥かに進んだカラクリのようだな」

機械の全般をカラクリという。

高隅は平伏して答える。

「日本の火縄銃に火薬を装塡《そうてん》し、火縄を取り付けるその間に、この銃ならば七発は撃つことが叶いまする」

「なんと！　無敵ではないか」

火縄の代わりに雷管（発火装置）が発明されて発射速度が大幅に向上した。

高隅は濡れ縁で平伏したまま言上し続ける。

「トマスが申すには三千丁の新式鉄砲を用意してある、いつでも売る用意がある、とのよしにございました」

道船の顔に血が上る。

「この鉄砲が三千丁もあったなら、徳川に勝つこともできようぞ！」

道船の脳裏に貧しい武士たちの姿が浮かんだ。

「……関ヶ原の雪辱を晴らし、家来どもには領地を与え、武士らしい暮らしをさせることもできる！」

「そしてあなた様は、天下の主として君臨なされる」

高隅が唆《そそのか》すと道船は「うむ！」と大きく頷いた。そして続けた。

「徳川への復仇《ふっきゅう》成就のあかつきには、そなたを島津の侍大将に取り立ててくれようぞ」

「ありがたき幸せ」

「トマスを迎える宴《うたげ》を用意いたせ。鉄砲の買値を掛け合わねばならぬ。機嫌よくさせるのじゃぞ」

「かしこまってございまする」

高隅は平伏して、御前を下った。


庭を通って門に向かう。軽蔑《けいべつ》しきった冷笑を浮かべた。

「老いぼれめ。この俺が侍大将ぐらいで満足するとでも思っておるのか」

三千丁の新式鉄砲は島津に買わせる。だが、その鉄砲隊を差配して、天下を取るのはこの俺だ。

高隅外記は決意を胸に港に向かった。トマスを乗せたヨットは、薩摩の水軍に守られながらこちらに向かっているはずだった。

＊

深夜、港には煌々《こうこう》とかがり火が焚《た》かれている。一艘の見慣れぬ船《ヨット》が入ってきた。

道船屋敷の庭においては漁師にしか見えなかった侍たちが集まっている。先祖が着ていたヨレヨレの裃《かみしも》と袴を着けて列を作る。メリケン国の水軍大将を出迎えるためだ。

ヨットから足場が下ろされた。異国人が姿を現わす。口にはパイプを咥《くわ》えている。芝居がかった態度でやおら周囲を見回してから、砂浜に降り立った。

長身の男だ。日本人より一尺（約三十・三センチ）以上は高い。青黒い服を着ている。両肩から下ったビラビラした飾りが金色に輝いていた。

清国人の通詞《つうじ》が急いで下りる。日本人たちに向かって叫んだ。

「メリケン国の水軍大将、トマス・フィールド御大将にござるぞ！　皆々様、承りますように！」

清国人の日本語も片言だ。だが、意味は伝わった。日本人たちは一斉に低頭して敬意を表した。

会談は道船屋敷の広間で行われた。広間には和風とヨーロッパ風と中華風の折衷の家具が並べられている。

テーブルを挟んで道船とトマスは椅子に座った。道船の後ろには、運天港の代官の高隅外記が控えている。

トマスの後ろにはアメリカ海軍の士官が立っていた。

さらには清国人の通詞が同席する。漂流民の半左では、薩摩の方言が聞き取れないことがわかったので、代役として連れてこられたのだ。

運天港には東シナ海沿岸の様々な国の商人たちが出入りしている。イギリス人を相手に商売をしたことのある清国人もいたのだ。

トマスが発言する。

「江戸の大君《たいくん》は他国との交易を閉ざしておると聞いた」

通詞が通訳する。道船は大きく頷いた。

「いかにも、その通りじゃ。中華の言葉では〝鎖国〟と呼ぶそうじゃな。貿易の窓口は琉球と長崎、対馬《つしま》と蝦夷地のみ」

「島津の老公よ。あなた様こそが、江戸の大君と異国人を仲介できる数少ないお一人……我らはそのように理解しておるが、この解釈でよろしいか」

「その通りじゃ。琉球の代官は我ら島津家。我が息子が江戸におる間は、このわしが琉球の港を差配しておる」

「ならば、早速にも、江戸の大君への仲介を願いたい」

トマスは随員の士官に顔を向けた。士官が携えてきた長い木箱を開けた。中には例の鉄砲が入っている。

「まずはこの鉄砲の十丁を、弾薬をつけて進呈したい。我が国からの友好の印である」

「そこもとは、三千丁を持ち込んでおるとの話じゃが？」

「その通り。大君にお買い求めいただきたい」

「有体《ありてい》に訊くが、いくらじゃ」

「支払いはコバンで二十五万両を願いたい」

目の玉が飛び出るような額だ。島津家は七十七万石の領地を持つが、年貢のすべてを小判に換算すれば三十万両ほどだ。それが歳入である。藩士の俸禄《ほうろく》と領内の経営などの歳出を差し引くと赤字になってしまう。

徳川幕府も同じことだ。数年来の凶作と洪水被害の復興で金がかかる。たとえ鉄砲を欲したとしても、二十五万両もの予算を計上することは不可能だ。

トマスは口許に笑みを含んで喋り続ける。

「もしも日本の大君が買ってくれないのであれば、我らはイギリスかロシアに鉄砲を売る。イギリスもロシアも虎視眈々《こしたんたん》と貴国を狙っておる。特にロシアは再三に渡って蝦夷地や樺太《からふと》に兵を上陸させておる。ロシアの手に新式鉄砲が渡れば、日本にとっては大いなる脅威となるはずだが?」

「言わずとも良い」

道船は決断した。トマスの目を見つめて答える。

「二十五万両は、わしが責めを負って用意しようぞ」

トマスの目が喜色で輝いた。

「それはたいへん喜ばしい!」

「ただし、すぐに、というわけにはゆかん」

「よろしい。我らはいったん合衆国に帰る。新式鉄砲の三千丁を積んで……左様、一年後に、琉球に戻ってこよう」

「一年後か」

道船はちょっと思案してから頷いた。

「よかろう。それまでに二十五万両を用意しよう」

「では一年後に」

トマスと道船それぞれの前に薩摩切子《きりこ》のガラスのカップが置かれた。赤いワインが注がれる。オランダの商人から買ったものだ。

トマスが乾杯の音頭を取る。

「両国の友好を祝して！」

二人はクイッとワインを飲んだ。インド洋や東南アジアの気温に晒されながら運ばれたワインだ。本場のヨーロッパ人にとっては〝飲めたものではない品質〟だったであろうけれども、幸い、日本人もアメリカ人も高級なヨーロッパ食材など口にしたことがない。二人とも笑顔で飲み交わした。

トマスが調子に乗って続ける。

「イギリスやロシアの進出は貴国にとっても脅威であろう。アメリカには援兵を送る用意もある。日本国内のいずこかの港町を租借《そしゃく》できるのであれば、友好の印としてタダで兵を駐屯《ちゅうとん》して差し上げよう。いかがかな？」

植民地化の第一歩の罠《わな》であるが、親切を装って提案した。

＊

そして一年後――。

白い漆喰壁《しっくいかべ》の巨大な門がそそり立っている。江戸城の大門だ。陽光を浴びて眩しく輝いていた。

お堀の上に橋が架けられている。卯之吉はヒョコヒョコと滑稽な足どりで橋を渡る。べつだんふざけているわけではない。今日の卯之吉は裃《かみしも》を着けている。着なれない衣装で、歩行の自由もままならないのだ。

裃は肩の部分が大きく張って迫《せ》り出している。しかも糊で固められてあった。風が吹くと船の帆のように風を受けて吹き飛ばされそうになる。

否、普通の武士であれば裃に風を受けたぐらいでよろめくことはない。だが、そこは卯之吉だ。まっすぐ橋を渡ることすら難しい。

「今年は風がきついねぇ。長雨が止んだのは良いけど今度は風だ。まったくひどいお日和《ひより》だよ」

今日も銀八がお供に従っている。銀八もまたおかしな格好だ。髷《まげ》は武士ふうにキリリと結い上げ、黒い羽織と袴の姿。腰には二刀まで帯びている。つまり今の銀八は大名に使える家臣の姿なのだ。

身分の高い武士とその家来に見える。そんな姿で江戸城の大手門に歩み寄っていく。銀八は身震いがして止まらない。

「わ、若旦那……、せめてもうちょっと、しっかり歩いておくんなさい！　ここは江戸城。本物のお侍様たちが行き交っているでげすよ」

武士たちは皆、卯之吉と銀八の物腰に不審な目を向けていた。

「咎《とが》められて、厳しいご詮議《せんぎ》が始まったら、たまらねぇでげす！」

ところが卯之吉は微笑を浮かべている。

「心配いらないよ。あたしらは甘利《あまり》様に呼ばれて来たんだ。困ったことになったら甘利様が助けに来てくれるさ」

銀八は同意できない。

「ご老中の甘利様が、御門の外まで駆けつけてきてくれるはずがねぇでげすよ。横町の世話好きな隠居じゃねぇんでげすから」

そして案の定、門の番人に呼び止められた。

「その者、誰《たれ》か！」

じつに権高《けんだか》、つまり偉そうな声だ。

門番というと身分は低そうに思えるが、江戸城の大手門ともなれば別の話で、大身の旗本が就任する。諸国の大名も通る門だ。したがって番人の身分も高いのであった。

一方の卯之吉は番人を前にしてもヘラヘラと笑っている。ますます訝《いぶか》しい。門番の二人が目を怒《いか》らせて迫ってきた。

「ご姓名を名乗られよ！」と、言いかけて「あっ！」と叫んだ。

「こ、これは……！ ゆ、幸千代《ゆきちよ》君ではございませぬか！」

顔色がサーッと変わる。慌てて後退して低頭した。任務中なのでさすがに地面の上で正座はしない。

銀八は、

「ああ、また勘違いでげす……」

と囁《ささや》いた。

将軍の実弟の幸千代は、卯之吉と風貌が似ている。そのせいで卯之吉が幸千代の影武者を務めたり、幸千代が剣豪同心として大暴れしたり、もう、目茶苦茶な話になっている。

番人たちは見るも哀れなほどに恐縮しきっている。だが、それでも任務として、言わねばならぬことがあった。

「若君ッ、微行《おしのび》での市中徘徊《はいかい》は厳に慎まれますよう、上様よりお達しがございましたはず！」

幸千代の乱行《らんぎょう》をこの目で見てしまった（と思いこんだ）からには、立場上、窘めないわけにはゆかないのである。

卯之吉はどこまでも軽薄に笑っている。

「いやあ、あたしは三国屋の卯之吉って者《もん》ですけどね」

正直に答えたのだが、門番たちは〝本当のことを言っている〟とは思わない。

「若君ッ、悪ふざけはお止めくだされいッ。その程度の変装が見抜けぬようでは、我ら、江戸城の門番は務まりませぬぞ！」

（いや、見抜けてねぇでげすよ）

銀八は首を傾げるしかない。

「ははは。困りましたねぇ。わかりました。上様にはあたしから、よぅくお詫びを入れておきますから。今日のところは門を通してください」

卯之吉は門番の二人にスッと歩み寄ると、それぞれの袖の下に小判を一枚ずつ流し入れた。門番たちは驚いて自分の袂をまさぐった。

卯之吉からすれば、役人の袖に小判を差し入れるなど、さしたる意味はない。江戸の商人として、ただの挨拶だ。

しかし、もらったほうは仰天している。

「わっ、若君！　こ、これはいったい……」

「いつもお勤めご苦労さまにございます。江戸城の安寧は門番の皆様のお陰。これからもお勤めよろしくお願いいたしますよ」

「ハッ、ハハーッ！　過分なご褒美を頂戴し、武門の誉れ、我が身の果報、これに尽きる思いにございまする！　一命に換えましても勤めを果たす覚悟にございまするッ」

将軍の弟――だと思い込んでいる相手から褒美をもらってよほどに嬉しかったのだろう。目には涙まで浮かべさせた。

「それじゃあ通りますよ」

卯之吉は、てきとうな物言いであしらいながら門を通った。まったく銀八は生きた心地もない。

＊

江戸城本丸御殿の老中用部屋――すなわち老中たちの執務室で、甘利備前守《びぜんのかみ》は政務に忙殺されていた。

机には堆《うずたか》く紙の束が積み上げられている。幕府内の諸役人から上がってきた判物《はんもつ》、行政書類だ。日本中で起こった出来事が報告され、幕府としてどう対処すべきかを問うてくる。それらのすべてに目を通し、対策を練り、将軍の裁可を仰ぐのが老中の仕事であった。

報告書を忙しく捲《めく》り、朱筆で何事か書き込み、続いて別の書類を引っ張りだして照らし合わせる。納得できない部分があれば別の帳面と照合する。算盤《そろばん》まで持ち出してはパチパチと弾き、悩ましそうに唸《うな》った。

老体のお城坊主がやってきた。俯《うつむ》き加減で目を伏せたまま摺《す》り足《あし》で進む。老中用部屋に踏み入ると甘利の前で正座し、低頭した。

老中用部屋に入室できるのは老中とお城坊主だけだ。お城坊主はお城の用務員である。

「申しあげます。八巻様がご着到にございます。芙蓉《ふよう》ノ間にお通ししました」

「わかった」

甘利は文机《ふづくえ》に置いてあった扇子を取ると腰帯に差した。そしてやおら、立ち上がった。

お城坊主が質してくる。

「お机の物は、片づけてもよろしゅうございましょうか？」

甘利は足を止め、チラッと目を向けてから答えた。

「そのままにしておけ。八巻との話が済んだら続きをやる」

お城坊主としては（拙《せつ》もそろそろ帰宅したいんですがねぇ）という気分であろう。甘利が居残りをしているために、お城坊主も退勤できない。

しかし不満を貌《かお》に出す男ではない。顔面いっぱいに愛想笑いを張りつけている。

甘利は足を止めたまま、じいっとお城坊主の顔を見つめた。

「ところでそのほう。なにやら昨今、島津の屋敷に足繁く出入りしておるようじゃな」

島津家は徳川家にとっては旧敵国だ。関ヶ原の合戦で敵対した相手である。最大限の警戒を要する危険な国だった。

老中用部屋つきのお城坊主は、役目柄《がら》、幕府の機密に接している。関ヶ原の旧敵の屋敷に入り浸って良いはずがない。

甘利は鋭く睨《にら》みつけた。だがお城坊主はまったく悪びれた様子もない。

「島津様のお屋敷で唐渡りの文物《ぶんぶつ》がご披露されまして。ご隠居様が苦心して買い求めた珍奇な品々……」

唐渡りの文物とは輸入品という意味だ。

甘利は苦々しげな顔をした。

「島津の隠居の道船は世に知られた蘭癖《らんぺき》大名であったな」

蘭癖とは、蘭学に異常な興味を示す人。輸入品の収集家——という意味だ。

お城坊主はニンマリと笑みを浮かべて頷いた。

「拙はこう見えましても蘭学者の端くれ……。島津の老公がお宝をご披露くださると耳にいたせば、矢も楯《たて》もたまらず駆けつけまする」

チラリと上目づかいに甘利を見た。

「蘭学の振興は、八代将軍吉宗《よしむね》様以来の、幕府の悲願……」

理系将軍の吉宗は、科学を発展させることで日本は豊かになると信じた。そして研究機関、たとえば小石川《こいしかわ》療養所などを後世に残した。

八代将軍吉宗の遺命を持ち出されると、老中としても『蘭学を口実にして怪しい集会に顔を出してはならぬ』とは言えなくなる。

お城坊主は余裕の薄笑いだ。

（おのれ、小面憎《こづらにく》き茶坊主めが）

このお城坊主が島津家から賄賂《わいろ》をもらって幕府の機密を流しているのは確実だった。――そういう報告が御庭番《おにわばん》からも上がってきている。なんとかして手を打たなければならない。

（こちらからも蘭学好きで知られた男を島津の屋敷に送り込ませて、内情を探らせるか……。しかし、蘭学好きの男などどこにいたものか……）

思案しかけた甘利の脳裏に卯之吉の顔がパッと浮かんだ。軽薄そのものの笑顔だ。甘利はブンブンと首を横に振った。

（いかんいかん。あの男では余計に話がこじれる）

想像しただけでゾッとした。

甘利はお城坊主を残して芙蓉ノ間に向かった。

＊

芙蓉ノ間は老中と諸役人の面談に使われる広間だった。襖《ふすま》に芙蓉の絵が描かれていたことから、その名で呼ばれた。

「はぁ～。見事な筆遣いですねぇ」

芙蓉はハイビスカスの近縁種。桃色の花だ。

「絵の具は何をお使いなのでしょうねぇ」

襖の絵に顔を近づけて、舐めるように眺めている。銀八は廊下に座らされていた。

「若旦那ッ、ちゃんとお席についていないといけねぇでげすよ……ッ」

小声で注意するが卯之吉の耳には届かない。

そこに甘利が入ってきた。銀八は仰天し、急いでその場に平伏した。

甘利は足を止めた。卯之吉の振る舞いが視界に飛び込んできたからだ。

（ああ、またか）

と呆《あき》れる思いで顔をしかめる。卯之吉の奇行には慣れているはずなのだが、あらためて頭が痛くなってきた。

とりあえず「ウオッホン！」と咳払いしてみた。

卯之吉は「おや？」という顔つきで振り返った。

「甘利様じゃございませんか。いつからそちらにおいでですかね」

「今、入ってきたところじゃ！」

座敷の真ん中を指差す。

「そこに座りなおせ」

襖に向かって正座している男と話はできない。卯之吉は言われた通りに場所を移した。甘利も上座に座る。卯之吉はちょこんと低頭した。

「甘利様、本日はご機嫌もよろしそうで、慶賀の至りにございます」

「そなたも機嫌が良さそうでなによりじゃな！」

「あたしは機嫌が良いのだけが取り柄でございましてねぇ」

「まったくじゃ！」

甘利は苦々しげにそっぽを向いた。フンッと鼻息も吹いた。そして続けた。

「……上様は、なにゆえにそなたなんぞを高く買っておわすのか」

その呟《つぶや》きを聞いて卯之吉が首を傾げる。

「えっ、上様がどうかなさいましたか」

「どうかなさったから、そなたを呼んだのじゃ。良いか、これより話す事は他言無用ぞ。秘中の秘と心得よ！」

「あいあい」

「上様は、そなたを御側御用取次役《おそばごようとりつぎやく》に任じられた」

「はぁ？　オソバゴヨウトリツギヤク？　それはいったい、どういったお役目なのですかね」

「上様の政務をお助けする役じゃ」

「あたしがぁ？」

さしもの卯之吉も驚いてしまった。

「あたしにそんな大事が務まるとお思いですかね？」

「まぁ……できぬ……ことはない。否、そなたなら、確かに適任かもしれぬ」

「ですがね甘利様。お侍様というのは、生まれた御家の家格によって、就ける役職が決まっているのでしょう？　ご老中様なら数万石の譜代《ふだい》大名、町奉行様なら二千石程度のお旗本の家に生まれた御方が就くと決められていますよ」

それが江戸の身分制度だ。

「あたしは町人の生まれですよ。上様の御用ナントカ役に就けるものなんですかね」

「御用取次役だけは別儀なのだ。能役者や、紀州《きしゅう》徳川の家来が抜擢《ばってき》されたこともある。町人だとて、なんの不足もない」

「はぁ？」

卯之吉は考え込んでいる。

「……そのお役目は、町奉行所の同心様と比べて、どっちが面倒臭いお役なんでしょうかねぇ」

「なんじゃ、その物言いは？　まるで『御用取次役のほうが楽な仕事なら引き受けても良い』と申しておるかのようではないかッ」

「ええ。そのつもりでお訊《たず》ねしたのですがね」

「こっ、こやつめ」

甘利とすれば、呆れるやら腹立たしいやらでたまらない。

「……どうしてわしが、こんな男を説得せねばならぬのか」

「あたしもどうしてこんなお役が回ってきたのか、見当がつきませんよ」

「まぁ良い。聞け」

「あいあい」

「御用取次役とは、つまるところ、憎まれ役よ」

「憎まれ役？」

「汚れ役と申しても良い」

幕府の政策は〃老中たちの協議〃によって決定される。老中たちの連名で政策書が作られて将軍の許《もと》に届けられる。そこから先が問題なのだ。

老中の決定は〃絶対〃であって、将軍であっても却下できない。

——という説明を聞かされて卯之吉は目を丸くした。

「老中様といえども上様から見たらご家来衆ですよね？　上様がご家来衆の言うことに従わないといけないのですかぇ？」

「そうだ」

「上様に別のお考えがあっても『嫌だ』とは言えない？」

「そうだ。東照神君《とうしようしんくん》様がそのようにお決めなされたのだ」

東照神君、すなわち徳川家康《いえやす》が『老中たちの合議が最優先だ』と定めた。家康の目には、息子の秀忠《ひでただ》（二代将軍）や孫の家光《いえみつ》（三代将軍）は頼りない人柄に映ったのだろう。愚かな者が独裁者となれば徳川幕府はたちまち潰れてしまう。だから家臣団による合議制のほうが安心できると考えたのだ。

「家康様がお決めになったこととはいえ……上様にとっては、お腹に据えかねることも多いでしょうねぇ」

「であるから、老中と上様との間に御用取次役を置くのだ」

「すると、どうなります」

「上様のお気に召されぬ案件が老中より上がってきた時には、御用取次役が『上様にお渡しできませぬ』と言って、老中に差し戻すのだ」

「はぁ？　ご老中様がたに突き返すのですかえ」

「無論のこと、上様の内意を受けてのことじゃぞ。御用取次役の一存ではない」

「それでも、ご老中様がたとしたら、面白い話ではないでしょう」

「だから憎まれ役だと申しておる。我ら老中のみならず、諸役人の面目をつぶし、恨みも買う」

政策を立案するのはそれぞれの役所の役人だ。面目を潰された武士の遺恨は恐ろしい。吉良上野介《きらこうずけのすけ》のように殺されることもあった。

「損な役回りなんですねぇ」

だから身分の低い者が抜擢されてきたのだろう。身分の高い大名や旗本が、他人から嫌われる役に就きたがるはずがない。

「お断りできるのでしょうかねぇ？」

「上様のご下命《かめい》をか？」

「できませんよねぇ……」

甘利は渋い顔つきで頷いた。

「上様はそなたの力量と見識を高く買っておわすのだ。ありがたく承れ」

廊下で聞いている銀八は呆れ果てている。

（上様まで、若旦那のお人柄を見誤っているんでげすか！）

誰も彼もが寄ってたかって卯之吉の能力を誤解する。遊び人の放蕩者《ほうとうもの》なのに有能な大人物だと勘違いしてしまうのだ。

卯之吉は、さすがに自分のことを知っている。

「上様のお言葉に逆らうようで恐れ多いですがねぇ、あたし一人では何もできやしませんよ」

「それはわかっておる」

甘利は、廊下に控えた銀八にも目を向けた。

「あの者が支えておらねば、そなたは何一つできぬのであろう」

（へぇ、よくおわかりでげすな。あっしの働きに目を掛けていてくださったと

は、嬉しい話でげす）

などと銀八は誇らしく感じていたのだが、

「彼《か》の者には公儀《こうぎ》隠密を命じる。隠密の身分であればいつでも江戸城に入り、そなたに仕えることができようぞ」

（ええっ）

銀八はたまげてしまった。魂が消えると書いて魂消《たまげ》ると書く。本当に魂が吹き飛ぶほどに驚いた。

（あ、あっしが公儀隠密？　江戸城に入って働く？　冗談じゃねぇでげすッ。命がいくつあっても足りねぇでげすよ！）

銀八は駄目な幇間《ほうかん》だ。お座敷でも粗相ばかりしている。

江戸城で大名相手に粗相をしたらどうなるのか。初登城《はっとじょう》したその日のうちにお手打ちにされてしまうだろう。

（わっ、若旦那ッ、断っておくんなせぇッ）

しかし卯之吉は「ふぅん？」と呑気《のんき》な相槌《あいづち》を打った。

「なるほど。それでしたら、あたしも心強いですねぇ。わかりました。このお話、お受けいたしますよ」

（若旦那ァ！）

銀八は座ったまま白目を剝《む》いて気を失った。前方にグッタリと倒れたので、甘利の目には銀八が平伏で答えたように見えた。

「よし、双方ともに同意じゃな！　務めに励め！」

そう言い放ってから、声色を変えて続けた。

「……上様の一時《いっとき》の思いつきじゃ。すぐにお考えを直されるに相違ない。わしもご改心くださるように説得する。それまでは気苦労も多かろうが、耐え忍んでくれ」

これも甘利の本音であったに違いない。

町人や幇間に幕府の中枢で働け、などと命じるとは『心労で死ね』と言っているのに等しい。

甘利はそそくさと出ていった。こんな話には、なるべく関わりたくなかったのに違いなかった。

＊

卯之吉と銀八は〝隠れ家〟に寄っていつもの姿——優雅な若旦那と幇間の格好

に戻った。

江戸城を出てから隠れ家まで裃姿で江戸の市中を歩いてきた。途中で放蕩仲間の若旦那と出合ったが、『卯之の野郎、まぁた素《す》っ頓狂《とんきょう》な悪ふざけをしていやがるなぁ』という目で見られただけだ。

生真面目な商家や番屋の者たちは、裃姿の侍と南町の八巻が同一人物だ、などとは思いもしない。まったく気づかれることもない。

気を揉《も》みながらお供してきた銀八とすれば、拍子抜けするほどであったのだ。

ぞろりと着流し姿の卯之吉は、片手の巾着《きんちゃく》を振り回しながら歩いていく。

「あたしにはこの格好が一番さ。裃ってのは肩が凝っていけないねぇ。着慣れていないからなのかねぇ？　ああ辛かったよ」

江戸城本丸御殿に行ったのだから『裃は着慣れていないから肩が凝る』以外の感想があってしかるべきだ。他にもっと大きな気苦労があったはずだ。

（まったく、この若旦那はどういうお人なんでげすか）

こんなだから大人物だと誤解されてしまうのだろう。銀八はあらためて思った。

第二章　天下の嫌われ者

一

「八巻か。よう参った。苦しゅうないぞ。楽にいたせ」

江戸城、中奥《なかおく》御殿にある将軍の用部屋。用部屋とは執務室のことである。

今しも将軍その人が、文机を据えて政務にあたっている。

将軍の用部屋は本来ならば表御殿にある。しかし表御殿の広間は大きすぎた。火鉢を置いても部屋が温まりにくくて病弱な将軍にはよろしくない。そこで、適度に狭くて暖房も効く中奥御殿の部屋を用いていたのだ。

卯之吉は折り目正しく平伏した。

「上様には、ご機嫌よろしゅう」

人を食ったような挨拶だが、もとより卯之吉は町人だ。武家の典礼など求められていない。

将軍は愉快そうに笑った。

「まことに苦しゅうない男じゃな。いっそ小気味好《よ》い」

「お褒めのお言葉と受け止めさせていただきますよ」

卯之吉はキョロキョロと周囲を見回した。

「ところで上様。あたしは何をしたらよろしいんですかね？　ご老中様がたの書状を突き返せば良い、って聞いてきたんですけれど」

「ハハハ。余《よ》と老中の意見が相違するなど、そうそうあることではない」

「では、あたしの役目はない、と？」

「これに目を通してみよ」

将軍は算用方《さんようかた》から上がってきた帳簿を差し出した。卯之吉は受け取って確認する。

「江戸の金融と商いの様相が記してありますねぇ。ほう、これはロウソク足《あし》だ」

ロウソク足チャートは今でも世界の株式市場や金融相場で使われているが、実は、江戸時代に日本で生まれたものだ。景気の動向や物価の上下変動を見るのに適している。

　将軍は悩ましそうにしている。

「勘定奉行が作って寄越《よこ》した帳簿なのだが、余にはこの数値が正しいのかどうかを確かめる術《すべ》がない」

「ははぁ、それであたしに確かめさせようって魂胆ですかね」

「魂胆……まあ、有体に申せばその通りじゃな。将軍などとおだてられても悲しいものよ。余はこの城から外に出ることは叶わぬ。江戸の商家や両替商の店先をちょっと覗《のぞ》けばわかることすら、わからぬのだ」

「おいたわしいですねぇ」

「なんとかして、大づかみにでも、景気の良し悪《あ》しを確かめる方法があれば良いのだが……」

「それでしたら、うってつけの方法がございますよ」

「なんと？　なんぞ知恵があるのか」

　卯之吉は将軍と一緒に富士見《ふじみ》三重櫓《さんじゅうやぐら》に昇った。本丸でいちばん大きい櫓である。

江戸城の天守閣は明暦《めいれき》の大火で焼け落ちてしまって再建されていない。この櫓がいちばん見晴らしが良い。

「思った通りです。ここからならば江戸の港が一望にできますよ。どうです。たくさんの船が出入りしているでしょう」

「左様じゃな」

白い帆を揚げた荷船が何十隻も港に着けられ、荷卸しがされている。卯之吉は説明を続ける。

「江戸の商いが活発ならば、多くの船が、売り物の荷を運んでやってきます。不景気ならば船の数は減ってしまいますよ。毎日ここから港の様子を眺めていれば、江戸の景気の良し悪しは察しがつくに違いないですよ」

将軍は感心している。

「なるほどのぅ……。やはりそなたは異才の持ち主じゃ。そなたを取次役に抜擢した余の目に誤りはなかったのぅ」

この場に銀八がいたならば『それが一番の間違いでげす』と言ったに違いない。

「本当に、遠くまでよく見えますねぇ」

卯之吉は子供のように目を輝かせている。

「この海の彼方《かなた》に異国が広がっているのですねぇ……。上様は『江戸城の外に出られない』と仰いましたが、あたしだって同じですよ。日本の国に閉じ込められて異国にはゆけませんからねぇ」

「そのほうでも、ままならぬことがあるのか」

「あたしは蘭学が好きなんです。知りたいことがたくさんあって、答えは海の向こうにあるのですけどねぇ。海の向こうにはゆけませんから」

「お互い、辛い身じゃのぅ」

将軍も少し寂しそうに笑った。

「おおそうじゃ。左様ならば蘭書訳局《らんしよやくきよく》に行くがよい。そのほうが求める答えがあるやもしれぬ」

「ランショヤクキョク？　なんですかね、それは」

卯之吉は好奇心剝き出しの顔を将軍にグイッと近づけた。

＊

徳川幕府には天文方《てんもんかた》という役所があった。天文学や気象学を扱う部署だ。最初は中国や朝鮮の天文学を採用していた。

八代将軍の吉宗は、より正確な暦を作成するにはヨーロッパの科学を取り入れるしかないと考えて、異国から多くの書物を取り寄せた。当然にヨーロッパの言語で書かれているので、翻訳の専門家が雇われることになった。

時代が下って、ヨーロッパやアメリカ、ロシアの船が日本近海で活動するようになると、ますます和訳の仕事が増えた。

和訳の書物は理系の本だけに限らなくなり、各国政府の動向を知るための仕事も多くなった。

ヨーロッパ諸国は東南アジアに港を構えており、居留地では独自に新聞も刊行していた。幕府は長崎のオランダ商人や清国の商人を介してそれらの新聞を取り寄せ、和訳する制度を作り上げた。

幕末の記録によると、香港《ホンコン》の英字新聞を十日後には老中が江戸城で閲覧できたということだ。

蘭書訳局は本丸御殿の一角に置かれていた。当然、出入りも厳重に見張られている。しかし卯之吉はまったくの別儀だ。将軍の許しも得ている。いそいそと遠慮もなく踏み込んでいった。そんな姿が傍目《はため》には、威風堂々としているように見えるのだろう。

役人たちが文机を並べて仕事をしていた。入ってきた卯之吉に、一斉に目を向ける。

案内してきたのはお城坊主だ。皆に卯之吉を紹介した。

「上様の御用取次役、八巻大蔵《おおくら》様にございます」

その紹介に卯之吉が真っ先に反応する。

「大蔵？　ああそうそう。そういうお名前を上様より頂戴したのだっけねぇ」

卯之吉のままでは貫禄がつかないので官位を名乗ることになったのだ。『三国屋の名物は巨大な金倉じゃ。よって大蔵を名乗るがよい』という適当な理由で名付けられてしまった。

役人たちは慌てて机を脇に寄せて平伏した。

いちばん奥にいた学者が平伏した。四十代の総髪の武士だ。

「蘭書和解御用《らんしよわげごよう》を拝命いたしております、土屋総右衛門《つちやそうえもん》にございまする。お見知り置きを願い奉りまする」

和解とは和訳のこと。御用は上様から御用を承った代表者、という意味である。つまりこの役所の責任者だ。

「あいあい」

卯之吉はまともに挨拶もしない。挨拶ができないわけではなく、他に関心事がありすぎたのだ。

近くの机に置かれた蘭書に目を向けている。爛々《らんらん》と目が輝いていた。

「ドイツ語の医書だねぇ。あたしもツンベルク先生の医書の写しを一冊持っているよ」

ドイツ人医師のツンベルクはドイツ医学を日本に伝えた。長崎から江戸まで旅をして、時の将軍と会談したと伝えられている。

卯之吉は翻訳役人を押《お》し退《の》けるようにして机を独占して蘭書を読み始める。訳局の者たちからすれば、

(いったい何がしたいのだ、この人は)

の一言だろう。

「こっちはなんだえ？　ほう！　ロシア語だ。ロシア語の読み書きができるお人もいなさるのかえ」

この頃、ロシアの軍艦が蝦夷地——北海道や樺太にたびたび出没している。ロ

シア語の習得は焦眉《しょうび》の急であった。

和解御用の土屋は、

（この人は、上様の命を受けて蘭書訳局の仕事ぶりを検《あらた》めにきたのか）

と解釈した。内務監査官の内偵である。油断がならない。などと勝手に誤解して、恭《うやうや》しく答えた。

「訳局の英才を蝦夷地に派遣いたしまして、ロシア語のできるアイヌより学ばせております る」

「ふむふむふむ」

卯之吉は次々と役人たちの机を渡り歩いて、その上に置かれてあった書物や書状を指差しては「これはなんだえ」と説明を求めた。納得するまでしつこく質問し続ける。

傍目には、やたらと仕事熱心な監査官に見えただろう。訳局の者たちは、皆、青い顔をして冷や汗を滴らせた。

それから卯之吉は、そこらの書棚の本をあさって読み始めた。後はずーっと無言で読んでいる。話しかけてもろくに返事もしない。

そのうち訳局の者たちは、放っておいても実害はなさそうだ、と判断して、恐る恐る、自分の仕事に戻りはじめた。

二

薩摩国と大隅国《おおすみのくに》の二カ国を領する大大名、島津家七十七万石の江戸屋敷は増《ぞう》上寺《じょうじ》の南に広がっていた。

大名屋敷はそれ自体がひとつの町であり、島津家の政庁の他に、重臣たちの屋敷や江戸勤番《きんばん》の侍が生活する家や長屋が建てられてある。敷地の中に道や路地が作られて、出入りの商人や職人たちも大勢が行き交っていたのであった。

御殿の広間で半左が平伏している。脇には、運天港の代官だった高隅外記が座っていた。

広間の正面には巨大な床ノ間がある。壁一面に龍の絵が描かれてあった。

「殿のお成りにございます」

小姓の声がして床ノ間の横の杉戸が開けられた。島津薩摩守が入ってきた。

道舶の子だ。まだ二十代である。母親に似たのであろうか、道舶には似ていない。線のほっそりとした若者だった。

薩摩国の男たちは皆、良く日焼けしていて色が黒い。ところがこの殿様は御殿の奥で暮らしているので肌が白い。それだけで貫禄負けしてしまう。

薩摩守は床ノ間を背にして座った。機嫌よく声を掛ける。快活な男子ぶりを装っているのだ。

「外記か。運天港の代官から、父上の御側用人に出世したようじゃな。良く働いておる、と父上が褒めておわしたぞ！」

高隅外記はサッと平伏する。

「恐れ多いお言葉を頂戴いたしました。我が身の果報にございまする」

「用人とは、主君に知恵を貸し、あるいは手足となって政《まつりごと》を代行する者。いわば軍師じゃな」

「ハハッ」

「参勤交代で余が江戸におる間、国許の政は父上に託してある。すなわちそのほうの知恵と働きに、島津家七十七万石がかかっておる、ということだ。心して働くが良いぞ」

「お言葉、肝に銘じましてございまする。身を粉《こ》にして忠勤仕《つかまつ》る覚悟にございます」

薩摩守は「うむ」と満足そうに頷いた。それから半左に目を向けた。

「難破して大海原を漂流中にメリケン船に助けられ、彼の国の言葉と実情に通じた――と申すは、そのほうか」

半左は「へへッ」と声を裏返して平伏した。そのまま固まってしまったので、高隅外記が横から囁いた。

「名を名乗ってご挨拶をいたせ！」

「へっ……へいッ。生国《しょうごく》は遠州の船大工、半左にございます。三年前、海に流されちまったところをメリケン船に助けられ、メリケン国に連れていかれて、おれごんという土地で二年ばかり暮らしました。一年前にメリケン船に乗せられて帰国したのでございます」

「ふむ、そして父上に雇われたのか」

「へいッ。道船様にはたいへん良くしていただいております。メリケンに負けない船を作れ、とお許しをいただいております！」

緊張していた半左だったが、一転、歓喜に身を震わせ始めた。

「本当に、良くしていただいております！　一生かかっても、ご老公から受けたご恩は返しきれねぇ！」

「よしよし。励むが良い。父からの手紙では、『半左をつかわすゆえメリケン国の話を良く聞き取るように』とある。本日呼んだのもそれがためじゃ。メリケン国の軍船が琉球にまで達したからには捨ておけぬ。孫子《そんし》にいわく、敵を知り、己を知らば百戦殆《あやう》からずじゃ」

それからゆるゆると時間をかけて、薩摩守は半左からアメリカの社会と国情を聞き出した。

「……なんと！　メリケン国では、国王を入れ札で決める、と申すか」

「へい。メリケン国のいちばんお偉い御方は〝ぷれじでんと〟と呼ばれております。みんなの前で演説をして、自分に札を入れてくれるように、って、町々をお願いして回るんでございやす」

薩摩守は「ううむ」と唸って考え込んだ。

「まるで商人の行司《ぎょうじ》のようじゃな」

江戸時代の商人は同業者で集まって〝株仲間《かぶなかま》〟という組織を作る。商工会議所の議長に相当する人物は行司と呼ばれ、入れ札で選ばれた。

高隅外記が口を開く。

「日本では、帝《みかど》になるのは皇室に生まれし親王のみ。将軍になるのは将軍家に生まれたお世継ぎ様のみ。老中になれるのは徳川譜代の家臣のみ。それにひきかえメリケン国では、低い出自の者であろうとも、ぷれじでんとや参議《さんぎ》になれるのでございます」

参議とは朝廷の議会に参与できる公家のことだ。高隅はアメリカの議員を日本の参議と同じようなものであろうと理解している。

薩摩守は驚き入っている。

「家柄で選ばれるのではない、とするならば、いかなる理由で選ばれるのか」

半左が答える。

「その人に備わっている、才覚で選ばれます」

「なんたること！　まさしく商人の行司がごときものじゃ」

薩摩守にとっては驚きを通り越して浅ましくすら感じられているらしい。

「この日本でも商人どもが我が物顔に振る舞っておる！　それでさえ堪えがたき振る舞いであると申すに、入れ札で国の王にもなれると申すか。そのようなやり方で国が保てるとは思えぬ！」

高隅は静かに平伏した。

「仰《おお》せの通りにございます」

「高隅ッ、そなたは政の才覚で用人に引き立てられた。そなたの才覚で七十七万石が保たれておる。その一事をもってそのほうが薩摩太守になる……そんな話があってたまるかッ」

「殿、お心をお鎮め下さいませ。異国の話にございます。日本ではさような無法はとおりませぬ」

「いかにもその通りじゃ。メリケン人とやら、まったく浅ましき者どもぞ。メリケンの船が今後も琉球にやってくるようなら、かまわぬ、大砲をもって追い払うがよい！」

「心得ましてございまする」

高隅は平伏し、薩摩守は足音も荒立たしく出ていった。

高隅外記と半左が御殿の広間から下がってくる。御殿の廊下を歩きながら半左は真っ青な顔色だ。

「オイラのせいでお殿様を怒らせちまった……。どうすりゃいいんだ」

高隅は冷たい表情で真っ直ぐ前を向いている。

「気に病むことはない。お前は道船様に気に入られている。道船様のみに仕えておれば良いのだ」

「若い殿様のことは、かまわなくて良いってことですかい？」

「メリケン人の言葉を操ることのできるお前は、いずれおおいに役に立つことがあろう。道船様より受けた恩に報いるためにも耐えることだ」

「お諭《さと》し、ありがたく頂戴します」

「とはいえお前もこの御殿では暮らし難《にく》かろう。長屋を借りてやるからそこに移り住むが良い」

「何から何まで、本当にありがてぇ……どうしてこんなに親切にしてもらえるんズラか。島津の御家中様には頭が上がらねぇです」

半左は一礼した。高隅外記は用人の執務部屋へと去った。


島津家の江戸上屋敷。敷地の中はさながら城下町だ。高隅外記の役宅もひとつの屋敷として独立して建っていた。

島津家は南国の大名だ。庭にはソテツなど南方の植物が植えられている。高隅は横目に見ながら廊下を渡って、ひとつの座敷に入った。

そこは茶室であった。部屋の中に囲炉裏《いろり》が切られている。茶釜から湯気が湧《わ》いていた。

茶釜の前の亭主の席には、新潟《にいがた》港の大問屋、但馬屋善左衛門《たじまやぜんざえもん》が座っていた。茶会を采配《さいはい》する〝亭主〟と呼ばれる席だ。高隅が入っていくと低頭した。

琉球畳が敷かれている。高隅は座った。

「お久しゅうござったな但馬屋殿。本日はそこもとのお点前《てまえ》で茶を頂戴できると知って楽しみにしておった」

但馬屋は商人特有の愛想笑いを浮かべている。

「高隅様は茶の名人と伺《うかが》っておりまする。拙《つたな》い点前でご機嫌を損じはしまいかと案じておりまする」

「なんの。そなたは商いの名人。有体に申せば、茶飲み話よりも儲《もう》け話の方が楽しみでのう」

「これはこれは。お褒めの言葉を頂戴いたしました。こちらこそ島津様の抜け荷で大儲けさせていただいております」

但馬屋は、商いの帳簿をスッと、畳の上を滑らせて差し出してきた。

高隅外記が帳簿を手に取って検める。丁寧に捲《めく》った。

「まずまずの利益じゃ。近頃は江戸の景気もよろしくなってきたようじゃな」

但馬屋も頷いた。

「三国屋が発案の〝御用金貸付〟。おかげで江戸の市中に金が回り始めました。景気が上向けば贅沢《ぜいたく》をしたくなるのが人情。島津様の抜け荷の唐物も、飛ぶように売れておりまするぞ」

但馬屋はチラリと横に目を向けた。

隣の座敷に通じる襖が開け放たれている。珍奇な宝物が山積みになっていた。大野屋儀左衛門が主催し、卯之吉が参加している競り市で売られていたのと同じような品々だ。

但馬屋は茶を点《た》てながらニンマリと笑った。

「高隅様が琉球の港を介して取り寄せなされた異国の珍宝……」

但馬屋が置いた茶碗を高隅が手にする。目を茶碗に向けたまま言う。

「抜け荷の品を、新潟港の廻船問屋のそなたが江戸に運び込む」

「新潟港のお役人様方は一人残らず賄賂で籠絡《ろうらく》いたしておりまする。あなた様も手前も大儲けが叶いまする」

但馬屋は儲けの額を算用して笑み崩れそうになっている。

しかし高隅は険しい面相だ。茶を飲み干した茶碗を畳に置いた。

「我らが集めねばならぬ金子《きんす》は二十五万両。そのうちの五万両は、抜け荷の商いで稼ぎ出さねばならぬのだ。但馬屋、できようか？」

五万両の儲けを確保するのは難しい。そのはずだったが但馬屋には確かな勝算があるらしい。

「喜んでお手伝いいたしましょう」

「期待しておるぞ」

それから高隅は、ふと思い出した顔つきになって質した。

「琉球では、腕に覚えの武芸者を集めた。しかも、いかなる悪事をも厭《いと》わぬ凶暴なならず者ばかり。その者たちは、いかがする」

「抜け荷を運ぶ船に便乗していただき、日本にお連れいたします。新潟から江戸までの道中の、用心棒もやらせますゆえ……」

「何から何まで抜かりがない。満足じゃ」

「恐れ入りまする」

但馬屋は丁寧に低頭した。

三

数日後の昼下がり。

「ちょいと、そこを行くのは源《げん》さんじゃござんせんかえ」

江戸の町人地の目抜き通り。深川芸者の菊野はよく見知った人物に気づいて呼び止めた。

大勢の商人や武士たちが行き交っている。長雨と洪水に祟《たた》られていた江戸の経済も活気を取り戻した。呼ばれた男――梅本源之丞《うめもとげんのじよう》は足を止めて振り返った。

「おう、菊野姐さんか。それに水谷《みずたに》も」

貧乏浪人の水谷弥五郎《やごろう》が、

「久闊《きゆうかつ》（久しぶり）」

と答えて胸を張った。

菊野は衿《えり》に〝三国屋〟の屋号が入った半纏《はんてん》を着ている。大金を届けた帰りであった。水谷弥五郎は用心棒だ。

「姐さん、すっかり三国屋に馴染《なじ》んでるようだな」

「怠けているのが嫌いな性分なのさ。商売ってのも、やってみるとずいぶんと面白いものさね」

菊野は艶冶《えんや》に微笑んだ。笑うと売れっ子芸者の色香が滲み出る。

「そりゃあ結構な話だ。こっちは貧乏暇なしさ」

「どちらかへ遠出ですかえ？」

源之丞は旅装に身を包んでいる。野袴《のばかま》に脚絆《きゃはん》を着けて草鞋を履いていた。

「銭を稼ぎに行くのさ。俺の国許は越後《えちご》にある。領内には寂れた漁村があるんだが、近頃は荷船が泊まるらしいや。江戸の日和は良いようだが、北の海は大風で荒れてるらしいのさ」

「越後の港といえば新潟と沼垂《ぬったり》。大風でそこまでたどり着けない船が、近場の漁師町に避難して荷をおろす、って寸法ですねぇ」

「なんでも詳しいなぁ姐さんは」

「そりゃまあ、廻船問屋の旦那衆のお座敷にも侍《はべ》るからねぇ。自然と耳に入るのさ」

売れっ子芸者は美貌だけでは務まらない。頭の回転と記憶の良さも必須だ。

源之丞は頷いた。

「うちの港を使わせるとなりゃあ、津料《つりょう》（港湾使用料）を徴収しなきゃならねえ。漁村の網元が家中《かちゅう》の誰かを寄越してくれって言ってきた」

漁師村の網元は村長《むらおさ》のような立場だ。

「それでマァ、いちばん暇を託《かこ》っている俺が出向くことになったのさ」

話を聞いていた水谷が心配そうにしている。

「そこもとで大丈夫なのか」

「お前ぇに言われたかぁねぇよ！」

菊野は別の心配をしている。

「これから寒くなるでしょう。峠は雪で通れなくなるんじゃないのかえ」

「雪が積もる前にたどり着くさ。じゃあな！」

源之丞は手にした笠を振って別れを告げると越後に向かって歩いていった。

＊

両替商三国屋の店前に豪華な駕籠《かご》が着けられた。お供の者たちが周囲を固めている。

江戸時代、道行く駕籠の様式は、乗る人物の身分によって厳格に定められていた。名称まで異なる。今回の駕籠は〝権門《けんもん》駕籠〟だ。これは大きな大名家の重臣が使用する物だった。

駕籠の扉が開けられて一人の男が出てきた。顔は山岡頭巾で隠している。

手代の喜七《きしち》が恭しく出迎えた。

「ようこそお渡りくださいました。奥座敷に席を用意してございます」

男は「うむ」と頷くと、小僧（丁稚《でっち》）が持ち上げた暖簾《のれん》をくぐって店に入った。

「手前が三国屋の主《あるじ》の徳右衛門《とくえもん》にございます」

奥座敷で徳右衛門が挨拶する。

上座にデンと座った男は頭巾も外して素顔を晒した。太い眉の下のギョロ目を剝いて、大きく頷いた。

「島津家中、高隅外記じゃ。島津家の隠居、号して道舶翁の、側用人を拝命しておる。見知り置け」

「ご出世、おめでとうございまする」

徳右衛門が言うと高隅はちょっと驚く顔をした。

「わしを存じておったのか」

徳右衛門は愛想笑いを顔に張りつけたまま頷いた。

「琉球国、運天港のお代官様が、高隅外記様……というお名前だったことは存じておりましたので」

「さすがは江戸一番の豪商じゃな。琉球のことまで良く知っておる」

「琉球を介した異国との商いも、年々額を増やしておりますれば、おろそかにはできませぬ」

徳右衛門は高隅をじっと見つめる。

「さて、高隅様。本日足をお運びくださったご用向きは、どのような？」

高隅も「ふむ」と答えて顔つきを厳めしく改めた。

「高利貸しへの用向きなど知れておろうが。借財を頼みに参ったのじゃ」

「島津様の御用にございますな。いかほどの金を、何にお使いにございますか」

高隅は文箱《ふばこ》を携えていた。重箱ほどの大きさだ。箱を開け、中から地図を取り出して広げた。

島津家の領地、薩摩国と大隅国が描かれてあった。

「先年、桜島が大噴火をいたした。知ってはおろうが桜島は我が領内のまん真ん中にある。大量の火山灰が川底に沈み、あるいは港を埋め、船の出入りもままならなくなった」

流通が麻痺《まひ》してしまったわけだ。高隅は厳しい口調で語り続ける。

「人を傭《やと》って川底と港の灰をかき上げるしかない。しかし辛い仕事だ。よほどの賃金を用意せねば人は集まるまい。当家で算出したところ、早急に十万両は必要であるとわかった」

徳右衛門は大きく頷いた。

「手前どもは高利貸し。十万両は大金にございまするが、貸せと仰せならば貸さぬことはございませぬ。なれど何事も担保次第。どのようなご担保をご用意くださいますのでしょうか」

お互い才人だけあって話が早く進む。くだらぬ世辞や挨拶など抜きだ。

高隅は再び箱を開けた。

「まずはこれじゃ」

ギヤマン（ガラス）の壜《びん》を取り出して畳の上に置く。蘭学の医師が薬を入れる壜だった。透明な壜の中に茶色がかった粉が詰められてあった。

横から喜七が膝を滑らせてきた。

「確かめさせていただきます」

壜を手に取って、徳右衛門の手許に運ぶ。徳右衛門は受け取ると蓋《ふた》を開けて覗《のぞ》き込んだ。

「黒砂糖にございますな」

江戸時代の砂糖は調味料であると同時に薬品でもある。上質で高級な砂糖ともなれば薬壜に収納されていても不自然ではない。

「それと、もうひとつ」

高隅は別の薬壜を置いた。同じようにして徳右衛門の手許に運ばれる。

「こちらは白砂糖にございますな」

「いかにもじゃ」

二人はじっと見つめ合う。徳右衛門は続ける。

「黒砂糖は奄美や琉球の産物。島津様が売り物となさるのはわかりまする。が、白砂糖はエゲレス国の産物」

高隅は分厚い唇をニヤリとさせた。

「さすがに良く存じておるな」

「ご公儀はエゲレス国との商いを禁じておわします。すなわち白砂糖は抜け荷の品」

「わかりきったことを申すな。いかにも抜け荷じゃ。抜け荷で稼いだ金で借財を返済する」

「剣呑《けんのん》なお話にございますな」

「なにを申すか。江戸中の菓子屋や料理屋を覗いてみよ。棚には白砂糖が入った壺《つぼ》が並んでおる。皆、抜け荷の品と知ったうえで料理に使っておるのじゃ。幕府の重役も町奉行所の同心たちも『美味い美味い』と舌鼓を鳴らしておるわ」

「なるほど、十万両など、すぐにもご返済いただけましょう」

徳右衛門も〝悪徳商人〟である。金のためなら多少の悪事は目をつぶる。

「島津様のお考えは心得ました。されど十万両もの大金となれば、すぐにはご用意できませぬ。ご返答には、三日ほどご猶予《いよ》いただければ……」

「さもあろう。存分に思案するが良い。色好い返事を待っておるぞ」

高隅は座敷を出て島津家の屋敷に帰っていった。

徳右衛門は道まで出て駕籠を見送った。それから喜七を呼び寄せた。

「高隅様のお話が本当かどうかを確かめなければならないよ。島津様の御領内に降った灰の量を調べなければならない」

「へい」

だが、遠い薩摩の被災ぶりをどうやって調べようというのか。

しかし徳右衛門には策があった。

「大目付《おおめつけ》様と御庭番様が、とっくに調べをつけていなさるだろう」

大目付は幕府の役職で、大名家の行状や国状を監察している。

御庭番は将軍が諸国に放った忍者だ。

「大目付様と、御庭番様に賂《まいない》をお届けして話を聞き出すんだ。わかったね」

「心得ました。日頃より付け届けを怠っておりませぬので、ご安心を」

喜七は自信ありげに頷いた。徳右衛門もにんまりと微笑んだ。

「お前は油断のならない男だねぇ」


薩摩島津家の側用人が帰ってからしばらくして、卯之吉が三国屋に戻ってきた。

「おや。薩摩のお人が来ていたんですかね」

座敷に踏み込むなり言う。徳右衛門は少し驚いた。

「わかるのかね」

「鬢付《びんつ》け油の匂いですねぇ……これは奄美の椿油の匂いです」

「椿油の匂いに奄美大島も伊豆《いず》大島もあるものかね」

「もちろんありますよ」

当たり前だろう、みたいな顔で卯之吉は答える。徳右衛門はまたしてもニヤリと笑った。

「まったく油断のならない者が揃っているね」

「ところでお爺様」

「なんだえ」

「この度《たび》あたしは新しいお役を拝命しましてね。人様から嫌われるお役だってんですけど、どうしたら上手に嫌われるようになりますかねぇ？」

今度は徳右衛門が（わかりきったことを訊くんじゃないよ）という顔をした。

「両替商が真面目に稼業に務めていれば、自然と人から嫌われる。なんの苦労もいるものか」

「はあ、そういうものですか」

「そんなに嫌われたいのなら、借金の取り立てに行ってくるといい」

借用証文の束をバサッと卯之吉の前に置く。そこへ美鈴《みすず》が入ってきた。今日は女物の着物を着て、台所仕事の前掛けも着けていた。

「お茶をお持ちしました」

卯之吉と徳右衛門の前に茶托《ちゃたく》を置く。

徳右衛門が「ああ、そうだ」と独り合点で声をあげる。

「お前さんは刀が使えるんだから、一緒に取り立てに行っておいで。踏み倒そうとする奴がいたら、腕の一本もスパッと切り落としてやるがいいんだ」

美鈴は（この人は急に何を言いだしたんだ）という顔つきで目を見開いている。

卯之吉は呑気に茶をいただいて、

「なるほど、嫌われるわけですねぇ……」

と、他人事《ひとごと》のように呟いた。

四

卯之吉、すなわち御用取次役の用部屋は、江戸城の中奥御殿に置かれることとなった。御殿の内にしては殺風景な部屋である。もしかするとそれまでは物置として使われていた場所なのかもしれない。

御用取次役は、普段はとても暇である。自由な時間がたっぷりある。卯之吉は文机を据えて蘭書を読みふけっている。のみならず自ら筆を取って和解（翻訳）まで試みていた。

真っ白な帳面に筆を走らせる。卯之吉の筆はとても早い。

「銀八、墨が切れたよ」

「へぇい」

同じ部屋に銀八もいた。別の硯《すずり》で墨を磨っている。空になった硯と交換して机に据えた。

お城坊主がやってきて廊下で膝をついた。

「八巻様」

「はぁい」

卯之吉は筆を止めず、目は帳面に向けたまま応える。お城坊主としても扱いに困る物腰だ。

「蘭書訳局のお使いがお越しにございますが」

「どうぞ、入っていただいて」

訳局に仕える若い学者が入ってきた。まだ二十歳そこそこの顔つきだ。

「お指図を承り、蘭書をお持ちいたしました」

訳局から未訳の書籍を持ってきたのだ。長崎のオランダ商館を通じて幕府が購入したものだった。

「ああ！　こいつを貸していただけるのかい」

卯之吉は机を押し退けて歩み寄り、本を受け取ってページを捲り、目を輝かせた。

若い学者も卯之吉を尊敬の目で見上げている。

「御用取次役様の翻訳は、まことに見事で正確だと、訳局一同、感服いたしております。こちらから翻訳をお願いしたいぐらいにございまする」

「うんうんうん。ああ、これ。訳し終えたから持っていって」

部屋の隅は西洋の書籍と、訳文を書いた帳面が置かれている。銀八が取りにいって若者に渡した。若者は帳面を開いて驚いている。

「もう、訳し終えたのでございますか！」

「ドイツ語が難解だったねぇ。あたしの家にケンペル先生とツンベルク先生の蘭書訳本があるから今度持ってこようかねぇ。照らし合わせれば、もっと詳《つまび》らかに読めるだろうさ。そうだね、それがいい。銀八、持ってきておくれな」

ケンペルとツンベルクは江戸時代に日本にやってきて西洋医学を伝えた大学者

である。そんな偉人が書き残した本を写本とはいえ所持しているとはただごとではない。若い蘭学者はただただ賛嘆している。

「さすがは将軍家御用取次役様……。天下の異才にございまする」

卯之吉は他人から尊敬を受けるのが苦手だ。

「あたしにとっては蘭学も道楽だから。褒められた話じゃないよ」

若い蘭学者は大事そうに和訳を掲げて去っていった。ところが、案内してきたお城坊主は渋い顔つきで座ったままだ。

「御用取次役様。こんなことは申しあげたくございませんが、ここは中奥御殿にございます。蘭書訳局の者を出入りさせるのはいかがなものかと……。ご老中様の知るところとなれば厳しいお咎めが下りましょう。手前までお叱りを蒙《こうむ》りまする」

上目づかいに意味ありげな目を向けてくる。

「ああ、そう。ご面倒をおかけするねぇ」

こんな場面でやるべきことはひとつしかない。卯之吉は小判を三枚ばかり取り出して懐紙に包み、お城坊主の袖の下に入れてやった。

途端にお城坊主が、満面溶けるような笑顔となった。

「万事、拙にお任せくださいませ……。ご老中様に悟られるようなしくじりは犯しませぬ」

ほくそえみながら去っていく。

銀八は呆れながら見ている。

「江戸城の中でも、賂さえあれば無理も通せるんでげすねぇ」

それから二刻（約四時間）ばかり、卯之吉は夢中になって蘭書を読んで、翻訳に取り組んだ。

「八巻」

背後から声を掛けられた。卯之吉は蘭書に夢中である。

「いま良いところだから、後にしておくれな」

筆を帳面に走らせながら答える。顔を向けようともしない。

「八巻ッ、この痴れ者《しれもの》ッ」

叱責されて顔を向けると老中の甘利が立っていた。

「おや、甘利様。いつからそちらにおいでで？」

「いま来たところじゃ」

甘利は老中なのに自分で障子を締める。締め切る前に廊下を見て、盗み聞きをされそうな人の姿がないことまで確かめた。

鼻息も荒く座る。

「そのほう、仕事初めじゃ。京より厄介《やっかい》な者が下向《げこう》してきた」

「どなたですかね」

「栗ヶ小路中納言《くりがこうじちゅうなごん》だ」

「お公家様ですかえ。何をなさりにお江戸に？」

「関東にある神社に御幣《ごへい》を届けて回る旅の途中、と申しておる」

幣とは、御祓《おはら》いの時などに神主が振る物である。

京の帝から官位を授けられた神社が各所にある。そういった神社に対しては、帝が作った幣が届けられる。もちろん只《ただ》ではなく、上納金を納めなければならない。

京の公家たちは様々な名目で日本各地を回って金を集めた。そういう公家の一人が江戸に来ている、というのである。

甘利は胃の痛そうな顔をした。

「実を申せば、栗ヶ小路中納言は、上様に対し奉り、借財を求めに来たのだ。名目は儒学の学問所を立てたいがため、などと申しておるが、それは口実。我が身の借金を肩代わりさせようとする魂胆は明白ぞ」

「はあ。横着なお人がいたものですねぇ。それであたしにどうしろと?」

「栗ヶ小路の嘆願書を突き返せば良い」

「あたしが」

「栗ヶ小路は中納言家。我ら老中が断ったならば角が立つ。幕府と朝廷との間に罅《ひび》が入ることにもなりかねん。よって我ら老中は嘆願書を恭しく預かって上様へ通す。そなたのところで突き返せ」

「なるほど。あたしが嫌われますねぇ。でも、本当にお断りしてよろしいんですか。お相手はお公家様でしょう」

「栗ヶ小路は身持ちの悪い男。女遊びと博打でこしらえた借金だ。公家の世界でも鼻摘まみ者となっておる。帝の覚えも悪いと聞いた。遠慮はいらぬ。懲らしめてやるが良い!」

言うだけ言うと甘利はそそくさと去っていった。

「困りましたね。面倒事は全部あたしに押しつけようってぇ魂胆なんですねぇ」

さして困った様子でもなく、卯之吉は呟いた。

＊

江戸城の二ノ丸には広い庭園が広がっている。美しく手入れされた庭の真ん中には池があった。芝生が広がり、鶴が放し飼いにされていた。

庭の中に東屋《あずまや》が立っていた。四本の柱が屋根を支えている。壁はない。庭を眺めながら茶会や句会を開くための建物だった。

卯之吉は東屋に座って優雅に庭を眺めている。

「江戸城の中には、こんな素晴らしいお庭があったのだねぇ……」

本丸の櫓と城壁も雪山の白さを連想させた。さすがは将軍家の庭。何もかもが眩しく輝いて見える。卯之吉はうっとりと目を細めている。

そこに銀八がやってきた。武士の姿で裁《た》っ着《つ》け袴《ばかま》を穿《は》いている。腰には短い刀を差し、手には箒《ほうき》と塵取《ちりと》りを持っていた。

「手入れをさせられるこっちにとっては、とんだ厄介な庭でげすよ。毎日、荷車に三台分の落ち葉が出るんでげすから」

銀八は御庭番に扮することを命じられている。よって庭の掃除もしなければならない。季節は晩秋から初冬になろうとしている。落ち葉の掃除だけで大変な手間がかかったのだ。

銀八の後ろには喜七が控えていた。三国屋の手代だ。こちらはいつもの姿であった。

卯之吉はニッコリと微笑み返す。

「よく来てくれたね。……というか、よく入ってこれたね」

喜七はニコリともせずに答える。

「銀八さんの手引きにございます。庭木の値踏みをする植木職人、という建前でやって参りました」

「ご苦労だね。それで、調べはついたのかい」

「はい。こちらに携えてございます」

抱えてきた風呂敷包みを開いて帳簿を取り出した。

「栗ヶ小路中納言様が抱えておわす借財、でございますが、おおよそ、ご返済の叶う額ではございませぬ」

卯之吉は帳簿を受け取って目を通す。

「京のおもだった高利貸しや、大坂《おおさか》の商人衆からも、あらかた借り尽くしている様子だねぇ……。しかしよくこんなに早く調べがついたものだね」

喜七はさも当然、という顔つきで答える。

「手前どもは、お大名様相手の高利貸し。いずこのお殿様がどこの商人からどれだけの金額を借りているのかを知らぬようでは、新たな借金をお引き受けすることもできませぬ。京や大坂に限らず、全国津々浦々の高利貸しの間で〝座〟が組まれ、大口の借金の証文は共有されております」

金を貸した情報は飛脚の手で日本中の高利貸しに回覧されていたのだ。

「なるほど。それなら余所《よそ》の町での借金で首が回らないお人に金を貸してしまうしくじりは防げるね」

「左様にございます。栗ヶ小路様にはけっしてお金を融通なさらぬよう、差し出口を挟ませていただきます」

「わかった。ありがとうよ。用件はそれだけさ。まぁ、お茶も出ないがゆっくりしていっておくれな」

将軍家の庭であるのに、自分の家みたいな物言いをした。卯之吉は帳簿を持って本丸御殿に戻った。

五

栗ヶ小路中納言が江戸城本丸にやってきた。黒漆塗りの立烏帽子《たてえぼし》をかぶり、黒色の束帯《そくたい》——公家の正装を着けている。顔は白粉《おしろい》を塗りたくり、置き眉をして、唇は紅を注《さ》していた。

歳は四十歳という話だが、分厚い化粧のせいで年齢不詳だ。

茶坊主に案内されて芙蓉ノ間に入る。そこには卯之吉が待っていた。

栗ヶ小路が座り、卯之吉は平伏して挨拶した。

「将軍家御側御用取次役、八巻卯之吉って者です。どうぞお見知り置きを願いますよ」

栗ヶ小路は怪訝《けげん》そうに眉根を寄せた。とはいえ眉は剃り落としてあるのだが。

「卯之吉？　八巻大蔵ではないのか」

「ああ、そうそう。今はそういう名前なんでしたっけねぇ」

「ふざけておるのか！　麿《まろ》を軽く扱うのであれば、ことを帝に奏上し、将軍家の朝廷に対する振る舞いの真意を計らねばならぬぞえ！」

「そんな大げさな。まぁお静まりくださいましよ」

卯之吉はまったく悪びれた様子もない。人を食った態度だ。京の公家を相手にしてここまで気の抜けた物腰の男はこの世に二人とおるまい。

栗ヶ小路は勝手に深読みして（おのれ、油断のならぬ奴《やつ》）などと邪推、あるいは誤解した。

そんな栗ヶ小路のことなど意に介さず、卯之吉はたんたんと話を進める。

「あなた様が将軍家にお出しなされたこちらの願い文にございますが……」

三方《さんぽう》の上には栗ヶ小路が将軍に差し出した資金援助の請願書がのっている。栗ヶ小路は身を乗り出した。

「おう、それじゃ。昨今の飢饉《ききん》による米価高騰で公家の暮らしも痛めつけられておじゃる。帝と朝廷は政を将軍家に預けておる。よって将軍家は我らを助けねばならぬ。これが道理でおじゃるな？」

「その件なんですけれども、大変に申しあげにくいんですが、上様にお取り次ぎすることはできません」

「なんじゃと！」

「こちらはそっくりお返し申しあげます」

栗ヶ小路は激昂した。顔を真っ赤にしていたであろうけれども、化粧が厚すぎて顔色の変化はまったく読み取れない。

「おのれ非道なッ。門前払いをくらわすと申すでおじゃるかッ」

「いやぁ、こちらも、できることならお金をお貸ししたいんですけれどねぇ」

卯之吉は喜七を介して取り寄せた例の帳簿を開いて見せた。

「栗ヶ小路様は京と大坂の高利貸しから、すでに七百二十五両と四百文をお借りなさっていますよねぇ」

「な、なんじゃとッ……」

栗ヶ小路は一転して動揺し始めた。

「そんなことまで……調べあげたと申すでおじゃるか！」

一方の卯之吉は涼しい顔だ。

「あなた様がお借りになった商人の名もわかっていますが、どうしましょう。読み上げましょうか？」

「い、いらぬッ」

「あなた様の御料地からあがる年貢では、一年の返済は一両と四分が精々ですよね。とてものこと、返済のかなう額ではございませんよ」

「おのれッ、我が家の台所を探るような真似をしおって、無礼も極まるでおじゃるぞッ」

「あたしとしましては、返済のお力になりたい一心なんですけどねぇ。どうです、何か特技はございませんか。字がお上手でいらっしゃるならば写本の内職などご紹介できますが？　和歌がお上手なら、弟子をお集めになって月謝を取るということもできますよ」

栗ヶ小路の返事はない。卯之吉は例の調べ書きを読んだ。

「ああ……。京の高利貸しによると『博打にばかり興じていて、学問や風雅に通じる心なし』とありますねぇ。それではしょうがない。お弟子を取るお話はなかった、ということで」

「ど、どこまで麿を愚弄《ぐろう》いたすかッ」

「博打がお好きなのはどういうお考えで？」

「麿は博打の達者じゃ！　これまでも博打の才で銭を稼いでまいったのじゃ」

「それはいけませんねぇ。達者だと思い込んでるだけでしょう。本当に達者なら、こんなにも借金を膨らませるはずがございませんものねぇ。そもそも博打ってのは必ず胴元が勝つようにできてるんですよ。……うーん、そんなに博打がお好きなら、いっそのこと賭場《とば》を開帳なさるってのはどうですかね？　博打の胴元は必ず儲かりますよ。京の町でも博打は御法度ですけれども、お公家様のお屋敷には京都町奉行所の捕り方は踏み込めないってぇ決め事でしょう？　捕まる心配がないってのなら、こんなに上手い話はございません。ちょうどあたしの知り合いに博徒がおりますんで話をつけましょう。荒海《あらうみ》一家ってんですけどね、あの人たちに任せておけば万事ぬかりはござ――」

「ええいッ、先ほどから何を勝手に申しておるッ」

「ですから、あなた様にお金を儲けていただいて、借金を返済するための方策を立てているのですが」

「そのようなことを頼んだ覚えはないでおじゃるぞ！　将軍家は麿に金を貸すのか、貸さぬのか、どっちなのじゃッ」

「お貸しできません」

卯之吉はしれっと答えて栗ヶ小路の顔を真っ直ぐに見つめた。

＊

鹿児島沖の海は温かい。南洋で温められた海流が北上してくる。

冬になると朝鮮半島や黄海《こうかい》方面から冷たい北風が吹いてくる。温かな海面を冷たい大気が覆うと湯気が立ち上る。海霧だ。

この海霧を船乗りたちは〝気嵐《けあらし》〟と呼んで恐れた。衝突事故の原因となる。

一艘の漁船が濃霧の中を進んでくる。舳先《へさき》に立った男が一所懸命に目を凝らしていた。

「きいがたっ。ないじゃい見えん。こいはせわぞ」

霧が立って何も見えない。不安だぞ。と、舵《かじ》を取る相方に告げた。

「おてつがよか。オイはじごろたい。あんなかがんぎぃばようしっちょっと」

心配するな、俺はこの辺りの危険な場所はよく知っているから——と言っている。

舵取りの漁師は年嵩《としかさ》で、なんの不安も感じていない。濃霧の中で漁に出ることも多いのだろう。

帆を畳んで船を泊めると、海に向かって燃える松明《たいまつ》を長く伸ばした。海面が明かりで照らされるとイカや魚が集まってきた。

「よか按配《あんばい》たい。大漁《たいりょ》ンなっとよ」

漁師二人は網を用意する。集まってきた獲物を一網打尽にするのだ。

網を投げ下ろしたその時、若いほうの漁師が「あっ」と叫んだ。

「船が、やっ来《く》い！」

年嵩の漁師は海面に目を向けた。

「なーんも見えなかぞ」

「まっとぅ上たい！」

もっと上を見ろと言われて漁師は顔を上げた。そして悲鳴を張り上げた。

彼らの頭上に白い帆が広がっていた。帆柱に支えられて大きく展開している。

まるで雪山を麓から見上げているかのように錯覚された。

巨大な船は舳先で波をかきあげながら進んでくる。

「網ば切れッ」

漁船は網を捨てる。年嵩の漁師は舵棒にしがみついた。必死の操船でからくも衝突を避けることができた。だが、巨船の航跡が高波となって漁船を襲う。

「うわああッ」

漁船は転覆し、漁師の二人は海に投げ出されてしまった。


翌朝。小舟が一艘、鹿児島湾を漕《こ》いで進んできた。日本のどこでも見かける小舟である。漕いでいるのも日本人の漁師だ。

舟には二人の男が乗船していた。笠を目深《まぶか》にかぶって面相を隠し、蓑《みの》で装束を隠している。男の一人が笠をちょっと上げた。彫りの深い眼窩《がんか》の奥で青い眼が光る。アメリカ海軍提督のトマス・フィールドであった。


謎の巨船が出没し、漁船を転覆させた一件は、その夜のうちに鹿児島城下に伝えられた。島津の家中は騒然となる。

鹿児島湾の離島に立つ道舶の隠居屋敷にも、凶報が届けられた。

腹心の部下が廊下で平伏して言上《ごんじょう》した。

「メリケン船の四隻は、ただいま屋久島《やくしま》の西の沖合に停泊しておるとのよしにございまする」

道舶は座敷に据えた椅子に座っている。テーブルにはギヤマンのワイングラスが置かれてあった。

「メリケン船団の姿じゃが、陸地からでも望めるのか」

「いいえ。メリケン人もそのような愚をおかすつもりはないように見受けられます」

「領民たちが見たなら騒動となる。さすがに隠しおおせることはできん」

「鹿児島城のご家老様がたには、なんとお伝えいたしましょうや。藩主の薩摩守様はただいま江戸に参勤しておわしまする。国許の采配は大殿にお取りいただかねばなりませぬ」

「隠居場に引きこもっておらず、鹿児島城に戻れと申すか」

「国家老《くにがろう》様がたは大殿の御出座をお望みにございます」

「それはできぬ。わしには大事な客人がある」

隣室に通じる襖が開けられて、トマス提督と通詞の清国人が入ってきた。側近の武士は人払いを命じられる前に低頭して去った。

トマスが英語で挨拶した。清国人が通訳する。

「貴国の平穏と繁栄を願う――カピタンはそう言ってます」

「我が国に騒動を起こしておいて、なんたる言いぐさか」

「そのようにお伝えしてもよろしいか？」

「メリケン国の繁栄と大統領の健康を祈っていると伝えよ」

清国人が翻訳すると、トマスは笑顔になって一礼して感謝の意思を伝えた。

トマスは勧められて椅子に座る。側近の武士が戻ってきてトマスのグラスにワインを注いだ。通詞の清国人はトマスの斜め後ろに立った。

道船は通詞を睨みつけた。

「琉球に留まって日本には近づくな、と申したはずだぞ」

「それはわたしへのご質問ですか、それともトマス提督へのご質問ですか。わたしへのご質問であるならば、わたしはメリケン艦隊に指示を出す身分ではございません」

彼の母国語の中国語には北京《ペキン》語と広東《カントン》語と福建語と四川《しせん》語がある。それだけでも大変なのに英語と日本語まで話せる秀才だ。じつに秀才らしい口の利き方をした。

「トマスに訊け」

通詞が通訳する。トマスが返答し、それをさらに通詞が翻訳した。

「カピタンがお答えします。メリケン船団は焦《じ》れている、いつまで待たせるのか、との仰せです」

トマスが早口のアメリカ英語で喋りだす。通詞が聞き取り翻訳する。

「いったいいつまで待たせるのか、軍艦の船団は海上に停泊させているだけで莫大な金がかかる。我々は早く商取引を終えて帰国したい……」

なおも言い募ろうとするトマスを通詞が手で遮《さえぎ》った。トマスが早口でまくし立てすぎるので、通訳が間に合わなくなったようだ。

通詞は道船に向かって言った。

「約束の二十五万両を頂戴できないのであれば、カピタンは、鉄砲を清国かロシアに売って帰国する、と仰せにございます」

「あと少し待て、と伝えよ」

再び通訳されて質問が返ってきた。

「今はどこまで金策が進んでいるのか、とのご質問です」

「すでに江戸の高利貸しからは十万両を引き出してある。将軍家からも十万両を借り受けるつもりだ。残りの五万両は抜け荷の品を売って儲ける。……日本の富は江戸に集まっておる！　ここは江戸からは遠いのじゃ。金をかき集めるのにも時間がかかってしまうのだ」

再び通訳。通詞が答える。

「カピタンは、それならば我らは江戸に赴き、将軍と商いをする、と仰せでございます」

「馬鹿な！　カピタンに申せッ。徳川将軍家は三代将軍以来、異国人との交流を閉ざしておる！　将軍家から見れば異国人はすべて敵国人なのだ。軍船で押しかけたなら大戦となろうぞ！」

通詞は大忙しだ。今度は道船が早口でまくし立てる。

「この薩摩は江戸から遠く、将軍家の目も届かない。だからこそ我ら島津家はメリケン人を客としてもてなし、商いもできる。江戸に赴くなど以《もっ》ての外《ほか》じゃ！」

カピタンと通詞がやりとりした。通詞が道船に答える。

「あとしばらくは待つ。だが、辛抱には限度があることも理解して欲しい、とのお言葉です」

「辛抱のし甲斐《がい》のある利を与えると約束しよう、とカピタンに伝えよ。貴国から買い取った鉄砲と大砲で天下を取った暁《あかつき》には、日本国を開国し、メリケンとの商いを密とすることを約束する」

トマスはニッコリと微笑んだ。何事かを口にし、通詞が翻訳する。

「大統領も喜びましょう」

外国人の二人は帰っていった。

第三章　遭難の海

一

卯之吉は江戸の街中を歩いていく。豪商の若旦那――放蕩者の姿だ。優雅に足を運んでいる。町奉行所の同心には見えない。将軍家御用取次役にはもっと見えない。

お供の銀八は心配でしかたがない。

「若旦那ァ、勝手にお城を抜け出したりして、見つかったら甘利様からお叱りをうけるでげすよ」

銀八も、今の身分は武士、ということになっている。無断で出歩いていることが露顕したなら切腹を命じられる……こともありそうな気がしてくるのだ。

銀八は真っ青な顔だ。しかし卯之吉は春風駘蕩《しゅんぷうたいとう》。幕府の法度などどこ吹く風であった。

「御用取次役ってのは退屈なお役目だよねぇ。毎日お城の一室に座って、御用があるのを待ってる、だなんて、あたしの性分に合わないよ。それにしても、今日もお江戸は賑やかだねぇ」

物見遊山《ゆさん》でそぞろ歩く放蕩児――みたいな姿と足どりで、卯之吉はあちこちの店や茶屋など覗いて回った。

そのうちに南町奉行所の門前に差しかかった。

「寄ってみようか。何か面白い騒動が起こっているかもしれないからね」

「なんでげすか、その言い草は」

「同心様になった時には面倒臭くて仕方なかったけどねぇ。御用取次役がこうも退屈じゃあねぇ。お奉行所の仕事のほうが毎日張りがあって良かったよ」

「それは毎日張り切って務めていたお人の物言いでげす」

卯之吉はフラフラと町奉行所に入っていこうとする。銀八は慌てて止めた。

「そのお姿ではまずいでげすよ！　同心様の姿にお着替えしねぇと！」

「そうだねぇ。手ぶらで行くってのもなんだから、どこかで菓子折りでも買っていこうか」

「いやいや、菓子折りは、いられねぇでげす。ご自分のお勤め先なんでげすよ」

三国屋の名義で借りている仕舞屋《しもたや》で着替えをすますと、卯之吉は久方ぶりに町奉行所に出仕した。

新米同心の粽が迎える。

「これは八巻さん。お久しぶりですねぇ。抜け荷の探索で商人たちの内偵をしているって聞きましたよ」

どうやら、長期間の潜入捜査で町奉行所を留守にしている――という建前になっているようだ。おおかた沢田彦太郎《さわだひこたろう》がひねり出した口実であろう。同心の皆を納得させるためには、もっともらしい嘘をつかねばならないのだ。

身勝手な将軍と、野放図な卯之吉との間で板挟みとなっている。内与力《うちよりき》もつらいところだ。

卯之吉は沢田彦太郎の御用部屋に向かった。

沢田はいつものように大量の行政書類と格闘していた。景気が良くなって商工業が活発になれば監督官庁たる町奉行所の仕事も増える。さらには江戸が被《こうむ》った洪水被害の復興も進めなければならない。普段の三倍を超える仕事量が押し寄せていたのだ。

沢田は筆を止めてチラリと卯之吉に目を向けた。

「お前か。何をしに来た」

沢田とすれば卯之吉は厄介の種でしかない。

卯之吉はニコニコと挨拶する。

「ご無沙汰しておりますのでねぇ。ご機嫌伺いですよ。はいこれ。沢田様のお好きな浜田屋《はまだや》のおはぎです」

「おお、すまんな」

沢田は喜んで菓子折りの蓋を開けた。そして落胆の表情となった。

「なんじゃこれは。本物の菓子ではないか。小判でもつまっているかと思ったのに」

「ははは、まさか」

そう言いながらも沢田はおはぎをつまんで食べ始めた。

「お前の祖父の徳右衛門なら、気を利かせて小判を詰めてくるところだぞ」

「とんだ悪徳商人でございますねぇ。あたしは真面目にお務めして、皆様のお役に立つことが第一だと心得ておりますよ」

「どの口がそんなことを言うか」

「あたしが留守にしているあいだ、南町奉行所のお仕事が滞っているんじゃないかと案じていたんですよ」

「お前の留守で大いに助かっておる。お前がしでかした不始末の尻拭《しりぬぐ》いをせずにすむからな」

「ははは。相変わらずお口が悪いですねぇ。さすがは南町一の嫌われ者でいらっしゃいます」

「だっ、誰が嫌われ者じゃっ！」

卯之吉は興味津々、という顔つきになって身を乗り出した。

「沢田様。あたしも嫌われ者にならなくちゃいけないことになったのですがね」

「なんの話だ」

「どうすれば他人様《ひとさま》から嫌われるようになりますかね？」

「嫌われる方法だとォ？　そんなもの、町奉行所の務めを真面目に果たしていれば、自然と嫌われるようになるだろう」

「そうですかね？」

「ホレ、わし以上の嫌われ者がやってきたぞ」

濡れ縁をドスドスと踏んで筆頭同心の村田銕三郎《てつさぶろう》が入ってきた。卯之吉がそこにいることに気づいてムッと表情を変えた。

「ハチマキ、手前ぇ、来ていたのか」

卯之吉はヘラヘラと笑っている。

「なんですかね？　その疫病神を見たようなお顔は」

卯之吉自身に疫病神の自覚はないらしい。

村田銕三郎はズンと座った。

「申しあげます！」

まっすぐに沢田彦太郎に目を向ける。沢田にとっては、卯之吉と村田銕三郎は双方ともに煙たい部下だ。

「どうしたのじゃ。血相を変えおって」

「抜け荷の唐物を扱う不埒者《ふらちもの》どもの探索、鋭意進めておりまする！」

「うむ。ご苦労」

「ですがッ！　悪党どもの巣窟《そうくつ》に我らが迫ると、いずこかからの邪魔が入ります る！　我らの探索は邪魔をされ、捕り物は一向に進みませぬッ」

卯之吉は「ははぁ」と察した。

「唐物をお求めなさる皆様は、お大名様や大身のお旗本様。あるいは江戸で指折りの豪商たちですよ。権威もお金もお持ちの皆様方ですから、ほうぼうに手を回して同心様のお調べを邪魔するぐらいのことは、朝飯前でしょうねぇ」

自分のことは棚に上げている。粽に大金を渡して捕り物の邪魔をしたことも、すっかりと忘れていた。

村田銕三郎は沢田彦太郎にグイグイと迫る。

「南町奉行所の中にも、賂を受け取って悪党どもの利益を図る者がおるように思われます！」

「お前、まさか、このわしを疑っているのではあるまいな！」

身に疚《やま》しいところがあるからか、内与力はビクビクッと身を震わせた。

卯之吉はクスクスと笑う。

「沢田様は賄賂がお好きでいらっしゃいますからねぇ……」

「ええい、黙れッ。わしとしてもつらいところなのだ！　蘭癖大名といえば、例えば島津の隠居の道船翁などだが、町奉行所の捕り物で島津の隠居を捕まえたりしたら、どうなることかッ。島津七十七万石と南町奉行所との喧嘩になったら勝ち目はないぞ！」

　村田鋏三郎は目を怒らせる。

「悪事を見逃せとの仰せでございますかッ」

「いや、そうは言っておらぬ。おいおいと、ゆるゆると、証拠をしっかり固めてからだなぁ……、ご老中甘利様のご了解もとりつけねばならぬし、大名を取り締まるとなれば公儀の御重職様に御出馬を仰がねばならぬしのぅ……」

　卯之吉はウンウンと頷く。

「お大名様の不行跡《ふぎょうせき》を取り締まるのは大目付様のお役目でございますねぇ。大目付様は譜代のお大名様。大目付様の頭越しに町奉行所が捕り物をしたら、大目付様のご面目を潰すことになりますよ。大目付様は五万石のお大名。ウチのお奉行様は二千石の旗本ですから、ご身分が桁違いです」

「八巻、よく言った。そういうことだ村田。闇雲に突っ走ることは許さぬッ」

　村田鋏三郎は憮然《ぶぜん》として黙り込んだ。きつく握った拳がブルブル震えている。よほどの怒りを堪《こら》えているに違いなかった。

　その時そこへ同心の尾上伸平《しんぺい》がやってきた。用部屋を覗き込んでちょっと驚いている。沢田彦太郎は渋い表情だし、村田鋏三郎は怒りに身を震わせているし、卯之吉はヘラヘラと笑っている。いったい何が起こっているのかわからない。

「ええと……、今は遠慮しましょうか？」

沢田彦太郎が答える。

「かまわぬ。申せ」

尾上はその場に正座してから言上する。

「目明かしたちに命じまして、抜け荷の唐物を探らせてるんですが、妙な話を聞き込んできたヤツがいまして」

「どんな話だ」

「海で難破して異国の船に助けられた――って吹聴《ふいちょう》している野郎が江戸に現われて、ちょっとした騒ぎになってるんですよ。金杉橋《かなすぎばし》近くの長屋でしてね、物好きたちが大勢集まっているらしいんです。まぁ、法螺《ほら》吹き男の類でしょうかね？」

「くだらねぇ」

吐き捨てたのは村田銕三郎だった。

「そんな法螺吹き野郎をわざわざ取り調べようってのか、お前《め》ぇは」

鬼の筆頭同心にギロリと睨まれて尾上はたちまち顔色を失くす。

「いっ、いいえ……。念のため報告しておこうと思っただけで……」

「そんな馬鹿馬鹿しい話はハチマキにでも調べさせればいいんだッ」

卯之吉は「プッ」と吹き出す。

「散々な言われようですねぇ」

「尾上ッ、手前ぇはさっさと抜け荷商いの探索に戻りやがれッ」

村田銕三郎はどやしつけると、自分も立ち上がって出ていった。

内与力の沢田彦太郎は頭痛がしてきた顔つきだ。こめかみの辺りを揉んでいる。

「まったく……仕事が増えるばかりだ。町奉行所があと二つぐらい増えてくれたらいいのだがなぁ」

卯之吉だけが面白そうな顔をしている。

「それじゃあ、あたしもお暇《いとま》しますよ。頑張って他人様から嫌われるように励みます」

内与力の御用部屋を出ると、同心の詰め所には顔を出さずに外に出る。銀八が揃えてくれた雪駄《せった》に足指を通した。

「金杉橋近くの長屋だったね。よし、行こうか」

異国の船に乗った男、という話に関心を惹かれたのだ。いそいそと歩きだす。

「若旦那、どこに行こうってんでげすか。出歩いている間に御用取次役のお仕事がきたらどうするんでげす？」

銀八は心配しているが、もちろん耳を貸す卯之吉ではなかった。

＊

卯之吉はのんびりと歩いていく。すでに若旦那の装束に着替えていた。銀八が不思議そうにしている。

「町奉行所のご詮議だってのなら、同心様のお姿で乗り込んだらいいでげす」

「同心の格好で訪ねていったら先方が恐ろしがって異国の話をしてくれなくなるじゃないか」

卯之吉にとってこれは詮議ではない。興味本位の話なのだ。

金杉橋に近づくと、向こうから顔見知りの商人に出くわした。四十代の唐物好きの男である。

「おや。三国屋の若旦那さん。……ああそうか、若旦那さんも〝メリケン半左〟さんのお話にご興味を惹かれたんですね？」

「メリケン半左さん？　そういうお名前なんですか、異国の船に助けられたってお人は？」

「そうです、そうです。あたしも最初は法螺吹きの類かと思っていましたが、話を聞けば嘘とも思えない。いいえきっと本当の話ですよ」

「それは楽しみだねぇ」

卯之吉はその商人に教えられた長屋に向かう。表道から入った路地の奥。貧乏長屋にその男は住んでいた。

障子戸は開いている。卯之吉は戸をホトホトと叩いた。

「御免下さいましよ。メリケン半左さんはご在宅かえ」

中からすぐに返事があった。

「誰でぃ。今日のところは話は終わりだ。こっちは同じ話を毎日させられてウンザリしてんのさ」

卯之吉は不躾《ぶしつけ》に長屋の中を覗き込んでいる。普段は行儀の良い男なのだが、興味を惹かれると我を忘れてしまうのだ。

半左らしき若者が机に向かって座っている。何か手作業に熱中しているようだ。

「何をお作りですかね」

机の上には船の雛型《ひながた》（模型）が置いてある。卯之吉は首を伸ばして覗き込んだ。

「ふぅん。異国の船の模型ですねぇ」

半左は背を向けたままだ。

「あんたにわかるのかい」

「この模型には龍骨《りゅうこつ》がありますよ。日本の和船に龍骨はないですからね」

銀八は訊ねる。

「龍骨ってぇのは、なんでげすか若旦那」

「龍骨というのはねぇ、例えるなら船の背骨さ。異国では船の真ん中を通る背骨に肋骨《ろっこつ》を取り付けて、その外側に板を張って船を造るんだ。一方、日本の船は木の箱みたいにね、板を張り合わせて船を造るんだけど、大きな船を造ろうとすると、どうしても板の張り合わせが弱くなってしまうのさ。大海原は海も大きく荒れるからね。箱で造った日本の船だとバラバラに壊れてしまうんだよ」

半左が振り返った。卯之吉に目を向けて嬉しそうに笑った。

「わかっていなさるじゃねぇか」

銀八は知っていた。この笑顔は〝厄介な数寄者《すきしゃ》が同好の士を見つけた時に浮かべる特有の笑顔〟だ。

半左は、求められてもいないのにペラペラと説明を始めた。

「こいつはメリケン国の船の雛型なのさ。それはそれは大きな船だぜ。真っ黒な、三本帆柱の、島のようにでっけぇ黒船だ。地球の半分もあるような大きな海を渡ってくるんだからな。とっても頑丈にできていやがるんだぜ」

江戸時代の日本人は地面が球体であることを知っている。地球儀も売られていたほどだ。

それにしても半左は饒舌《じょうぜつ》である。今日はもう話はしたくない——などと言っていたのに、いざ喋りだすと止まらない。これも数寄者に特有の性質だ。

銀八は慌てて確かめる。

「あなた様が半左さんでよろしいんでげすか？」

「おう。そうだよ。そういうお前さんたちはどちらさんだい。異国の船の構造を知っていなさるとは、どういったお人だい」

卯之吉は答えた。

「あたしは三国屋っていう商家の放蕩息子でしてね。卯之吉ってもんです」

「ふぅん。噂は聞いてるよ。腕利きの蘭方医だそうだな」

「いやぁ、そんな噂はあてになりませんよ」

銀八は、

「同心様や御用取次役もやっているという噂は流れていねぇようでげす」

などと呟いた。

卯之吉は興味津々に長屋の中を見回している。

「見たこともない道具がいっぱいありますね」

「ああ。メリケン国のおれごんって所で船大工の修業をしていたのさ。そのとき手に入れたメリケンの大工道具だ」

「へぇ、素晴らしい！」

「あんたは話がわかるようだから指図《さしず》を見せてやらあ」

指図とは設計図のことである。半左は机の上に広げてあった大きな紙を取って卯之吉に見せた。メリケン船の構造が黒い線で引かれてあった。

「オイラが乗せられた船のことをいろいろ思い出しながら指図を引いてる。だけどよ、さすがに上手くはゆかねぇのよ。勉強が足りてねぇからな」

半左は遠くを夢みるような目つきとなった。

「オイラはメリケン国の船大工の技を身につけた。この技でもって日本一の船大工になりてぇんだ。メリケンまで行ける船をいつかはこしらえてやるんだぜ」

「メリケン国に行ってどうなさるんです」

「もっともっと船大工の腕を鍛えるのさ。すくーるにも通いてぇ」

「すくーる？　それはなんです？」

「寺子屋のでっかいやつさ」

「面白そうですねぇ。あたしも行ってみたいもんだよ」

一方、銀八は首を傾げる。

「地面の裏側にまで行ける船、なんてもんが本当に作れるんでげすか？」

「そう言っている今この時もメリケン人は船で日本の近くまでやってきてるんだ。こっちから行けねぇことはねぇだろう」

「えっ？」

卯之吉が聞きとがめた。

「メリケン人が、日本の近くまで来てるって？　本当に？」

「嘘じゃない。一年前、オイラはメリケンの船に乗せられて日本に帰ってきた。その時にメリケン人の御大将が『一年後に来る』って言いなすったんだ」

「一年前の一年後？　たしかに今、この時ですね」

「そういうこった」

横で聞いていた銀八が震え上がる。

「おっかねぇ話でげす！」

「なにが怖いもんか。日本人もメリケン人も同じ人間だよ」

半左はそう言って笑った。

二

島津家の用人、高隅外記の屋敷の茶室に、但馬屋善左衛門が入ってきた。着物の裾を揃えて正座する。

「抜け荷の唐物を積んだ船は、無事に琉球を出航いたしました。数日後には、新潟港に入ることでございましょう」

小さく文字の書かれた細い紙を差し出してくる。高隅外記は受け取って読んだ。

「伝書鳩の結び文か。……うむ。良き報せじゃ」

「抜け荷を江戸で売りさばけば、お約束の五万両も、まもなく揃えることが叶うかと」

「近ごろの江戸は景気がよいのぅ」

「高隅様、三国屋からの借財は首尾よくすすんでおりましょうや」

「大事ない。さらには十万両を将軍家より借用する。これで合せて二十万両。あとはそのほうの商い次第。トマスと約定《やくじょう》した二十五万両が揃うのだ」

「御公儀は十万両もの大金をお貸しくださいますのか。上様もお人がよろしいようで」

「三国屋が発案した〝公金貸し出し〟のおかげじゃ。これればかりは将軍と三国屋に礼を言わねばならぬのう」

「その金が公儀打倒の秘策に使われるとも知らずに……。上様におかれましては、まこと、お気の毒さまにございまする」

二人は声を出して笑った。するとその時――。

「何を愉快そうに笑っているでおじゃるかッ」

怒声が廊下から聞こえてきた。

束帯姿の公家が現われる。栗ヶ小路中納言であった。白粉を塗った顔が怒りで歪んでいた。

但馬屋はサッと平伏した。公家と商人では身分が違う。本来なら同じ部屋に入ることも許されないのだ。

高隅が栗ヶ小路中納言に着座を促す。

「ここは茶室にございます。我らは同仁《どうじん》。どうぞご着座を」

同仁とは同じ趣味を持つ愛好者同士の対等な付き合い——というような意味だ。

その起源は古い。室町時代から茶会は、身分違いの者が顔を合せて密談するための口実に使われてきた。

栗ヶ小路は不機嫌を隠そうともせずに座る。いきなり愚痴《ぐち》を漏らし始めた。

「おのれ八巻め！　栗ヶ小路中納言家は村上《むらかみ》源氏の名門でおじゃるぞッ。一方の徳川は清和《せいわ》源氏ではないかッ。徳川ごときが源氏の氏《うじ》の長者ヅラをしておる！とうてい許せる話ではないでおじゃる！」

氏の長者とは〝本家〟のことだ。ただ今のところ〝源氏の本家〟は徳川家で、徳川以外の源氏はすべて分家という扱いになっている。

家康の時代に後水尾《ごみずのお》天皇がそう決めたのだ。家康の権勢に屈したからに他ならない。

他流の源氏の公家たちは腹の虫が治まらない。源氏には、清和天皇の子孫からなる〝清和源氏〟と、村上天皇の子孫からなる〝村上源氏〟とがあった。

そしてかつては、村上源氏のほうが格上とされていたのだ。

村上源氏の公家たちとしては、徳川家の傍若無人は黙過《もっか》しがたい。少なくとも栗ヶ小路はそう考えている。

高隅外記が窘《たしな》める。

「徳川の御世を声高に誹謗《ひぼう》なさっては、後が恐ろしゅうございますよ」

「すでにして京都所司代《きょうとしょしだい》から睨まれておじゃるわッ。麿はいつまで徳川ずれの膝下《しっか》に甘んじねばならぬのかッ！」

すると但馬屋善左衛門が意味ありげな流し目を高隅に向けた。

「こちらにも、徳川の世をひっくり返したいとお望みの御方がいらっしゃいましたか」

「まこと、我らは同仁」

高隅と但馬屋が揃ってほくそ笑む。それを見て栗ヶ小路がますます激昂《げっこう》する。

「麿の不遇を笑っておじゃるのかッ？」

「栗ヶ小路様」

高隅が真面目な顔に戻って制した。

「我らは徳川の世を覆す企てを胸中に秘めております る。本日お招きしたのも、栗ヶ小路様に我らの一味になっていただきたいがため」

栗ヶ小路の白粉を塗った眉間に縦皺が寄った。

「徳川の天下を覆すじゃと？　いかにして？　そのほうども、正気か」

「正気も正気にございます。策も練っておりまするぞ。まずはこちらへ」

高隅は栗ヶ小路を隣の座敷に案内する。そこには西洋や中近東の宝物が並んでいた。大きな地球儀も置かれてあった。

高隅は地球儀を回す。

「ここが我らの国、日本でございます。こうして見るとずいぶん小さな国でございますな。海の外にはこれこの通り、大きな国々が広がっておりまする。徳川家の将軍がいかに武威を誇りましょうとも、それは小さな島の中での話。まさに井の中の蛙《かわず》。大海の外には大国があり、大軍勢が控えておるのでございます」

栗ヶ小路は「ふむ」と頷く。

「なるほど、驕《おご》り高ぶった徳川の肝を冷やす話じゃのう。じゃが、その軍兵も海の彼方にあるのであろう？」

「なんの。メリケンの船は日本のすぐ近くにまで来ておりまするぞ。琉球の港には黒船が出入りしておりまする」

「いかに大きな船だとて、船で運ぶことの叶う軍兵は限られておろう。徳川家は俗に〝旗本八万騎〟と称する大軍勢を擁しておる。容易に天下が覆るとも思えぬでおじゃるぞ」

するとと今度は但馬屋善左衛門がニタリと笑った。お宝と一緒に積まれてあった木箱を開けて一丁の鉄砲を持ち出した。

「ご覧くださいませ。メリケン国の新式鉄砲にございます」

栗ヶ小路は銃を受け取って興味深そうに眺め始めた。但馬屋は説明を続ける。

「日本の鉄砲は、戦国時代とまったく同じ火縄銃。国を閉ざしておったがゆえに、異国の技術に取り残されておりまする。メリケンの鉄砲は日本の鉄砲が一発撃つ間に七発は撃つことが叶いまする。そのうえ狙った所にズドンと当たります。火縄銃のように外れが出ることもございませぬ」

但馬屋の説明を受ける栗ヶ小路に高隅は鋭い目を据えている。そして低い声で囁いた。

「琉球に集いしメリケン船団のカピタンは、小判と引き換えに大量の鉄砲を譲り渡す、と確約しましたぞ」

「カピタンとはなんでおじゃるか」

「船団を率いる大将のごとき者にございまする」

「鉄砲をいかにするつもりでおじゃるか。確かに島津は大藩じゃが、鉄砲を手にしたぐらいで徳川の世が覆るとも思えぬでおじゃる」

「さればこそ、帝と朝廷にお味方いただきたいのでございます。帝と朝廷を蔑《ないがし》ろにし、天下の政を私する徳川は許しがたい。帝が我らにお味方くだされば、天下万民は徳川を見捨てて、新しき世を求めて立ち上がりましょう」

すかさず但馬屋も栗ヶ小路を唆《そそのか》す。

「いつまでも清和源氏の尻に敷かれていて良いはずがございませぬ。今こそ、村上帝のお血筋が、あらたな将軍として立つべき時かと……」

栗ヶ小路は「むむ」と考え込んだ。

「確かにそのほうの申す通りでおじゃる。村上源氏の後胤《こういん》たる麿が借金取りに追われておる間も、清和源氏の徳川風情が巨大な城を構えてふんぞりかえっておる。かような不条理、いつまでも許されて良いはずもないでおじゃるぞ！」

高隅が大きく頷いた。

「今こそ村上源氏が〝源氏の氏《うじ》の長者〟とお成りあそばして、新たな将軍として天下に号令をかけるべき。島津家七十七万石が栗ヶ小路様の御為《おんため》に忠勤を尽くしましょうぞ！　なにとぞ帝にお口添えを願いまする」

「あいわかった！　麿の口から帝を説いて御聖断を賜《たまわ》ろうぞ。そのほうども、ただいま交わした約定、決して反故《ほご》にいたすでないぞ！」

但馬屋がほくそ笑んだ。

「それではかための盃、と参りましょうか」

三人は異国のテーブルを囲んで椅子に座る。ギヤマンの酒杯がそれぞれの前に置かれた。但馬屋が酒壜を傾けて注ぐ。

「メリケン国の酒、バーボン酒にございます。この盃をもって盟約の契りといたしましょう」

「よかろう。者ども、よしなに仕れ」

栗ヶ小路の音頭で酒杯を傾ける。

「……これはきつい酒でおじゃるな。じゃが、麿は気に入ったぞ」

栗ヶ小路はグイグイと呷《あお》っていく。かなりの酒豪だ。博打好きで酒好きで女癖も悪いという、典型的な放蕩公家であった。

三

ふたつの岬《みさき》が海に突き出していた。岬と岬の間に狭い砂浜がある。漁師の苫小《とまご》屋《や》が何軒か見えた。

浜に通じる坂道を梅本源之丞が下ってくる。季節は冬になろうとしている。空は灰色の雲に覆われ、海の色はもっと暗い鼠色《ねずみいろ》だ。

「親父の領地にケチをつけるわけじゃねぇが、俺ァ、北の海の冬ってやつが好きになれねぇ」

冬の季節は毎日が曇りか雪だ。陽光は差さない。

これが春までずっと続く。源之丞のように底抜けに明るい男でも陰鬱《いんうつ》な気分になってしまう。

梅本家は越後国の小大名。しかし、大名家の御曹司《おんぞうし》は江戸屋敷で産まれて育てられる。身も心も江戸の気候に慣れきっていて、国許の風土には馴染めない、そんな話はどこの大名家でも普通にあった。

源之丞は細い道を進んでいく。朽《く》ちた柱が二本、道を挟んで立っていた。これが漁村の境界だ。網元が迎えに来ていた。筋骨逞《たくま》しい老人だった。白髪頭だが、顔も腕も首筋も赤銅色《しゃくどういろ》に日焼けしていた。見るからに〝海の男〟という風情だ。源之丞に向かって頭を下げた。

「網元の波蔵《なみぞう》と申しやす。お見知り置きを願いやす」

声もガラガラに嗄《か》れている。船の上で大声で指図をしているうちに喉が潰れてしまうのだ。

網元とは〝網の所持者〟という意味だ。漁を行う際には村中の人々が総出で網を引く。網は高額で、貧しい漁師に買える品ではない。

網があるからこそ、村人は魚の収穫にありつくことができる。網元は村長《むらおさ》としての権勢を漁師たちに対して誇示することができる。

網元に向かって源之丞は鷹揚《おうよう》に頷き返した。

「梅本家の三男坊の源之丞だ。見ての通りの若輩者。よろしく頼むぜ」

今にも雨が降りだしそうな空模様。漁師の女房衆が浜辺に走り出てきて、網に干してあった魚を取り込みだした。

魚は苫小屋の屋根の下に運び入れる。

源之丞は苫小屋に目を向けた。樽《たる》がいくつも置いてあった。別の女房が塩漬けの魚を詰めこんでいた。樽に蓋《ふた》を嵌《は》めると半紙を貼る。裏側に糊が塗ってあるようだ。半紙には〝上〟の文字が書かれてあった。

上とは上納の印。すなわち年貢の魚だ。漁村では海産物に年貢が課される。梅本家の城に運ばれて納められるのだ。

真面目に年貢を納めに来る村だ。面倒事が発生したなら大名家で鎮めてやらねばならない。

「それで？　何が起こったんだい。呼ばれたからここまで来たが、こっちは何も知らされちゃいねぇんだ」

「いかにも大事が出来《しゅったい》いたしました。まずはあちらをご覧ください」

漁村の海を指差した。岬の間の狭い水域に一隻の船が停泊している。帆は下ろされて碇《いかり》を海に投げ込んでいた。

「荷船のようだな」

「新潟港の大問屋、但馬屋善左衛門さんの持ち船にございます」

「但馬屋なぁ。で？　新潟の船がどうしてここに入ってきたんだい」

「海が荒れるので、新潟港までたどり着けそうにない、っていう口上《こうじょう》でして」

源之丞は空を見上げた。なるほど風が強い。雲が恐ろしく早く流れていく。

「野分《のわき》が来るようだな」

野分とは台風のことだ。大和言葉である。

台風の語源はギリシャ神話に出てくる怪物ティフォンであり、戦国時代に東アジアを行き来していた西洋人が東アジアの暴風雨をタイフーンと名付けた。江戸時代、長崎に居留する西洋人から気象学を学んだ日本人も、すでに台風と呼んでいたはずである。

ともあれ、気象学者でなくとも、雲の流れる様子を見れば台風が近づいていることはわかる。

「もうすぐ冬だってのに野分とは、まったくおかしな天候だぜ」

この時期の地球は、世界的な異常気象に見舞われている。

「しかしだな」

源之丞は網元を見つめた。

「荷船が日和見で入ってくるなんて、珍しい話でもねぇだろう。わざわざ俺が出張っていくような話かよ」

日和見とは天候の回復待ちをすることをいう。和船は嵐に弱い。海が荒れそうになったらすかさず入り江に避難する。〝状況の回復を待って手をこまねいていること〟を〝日和見をしている〟などと言うが、語源はここからきている。

網元は首を横に振った。

「ところがですな。あの荷船、ここで荷を下ろしたい、なんて言い出しやがったんですよ」

「なんだと？」

源之丞は訝しげに船を遠望した。風はますます強くなってきた。頬に冷たい雨粒がポツポツと当たった。

＊

源之丞は問題の船に乗り込んだ。甲板では荒くれ者の船乗りたちが険しい目を向けてくる。武士の姿も散見できた。

船頭は但馬屋で働く手代であった。三十代の顔のツルリとした男で、屋号の入った半纏《はんてん》を着ている。

如才《じょさい》ない態度で腰が低い。愛想笑いを顔に張りつけている。しかし目だけはまったく笑っていないという、商人によくある型の男であった。

大型船の船頭は船の所有者（ここでは但馬屋善左衛門）の代理人であって船乗りではない。操船の采配は〝親仁《おやじ》〟と呼ばれる人物が執る。

さらには怪しげな風体の男たちが二十人ばかり、笠で面相を隠しながら立っていた。

源之丞は手代に質した。

「胡散臭《うさんくせ》ぇ連中を乗せてるようだな。用心棒か」

手代は笑顔で答える。

「いえいえ。用心棒を必要とするような阿漕《あこぎ》な商いはしておりませぬ。あちら様がたは、長崎でお乗せした船客にございます」

江戸時代、専門の客船は存在していない。船で旅をする者は荷船に便乗させてもらうのが普通であった。

しかし、だからといって納得はしない。

「いってぇどこへ行くつもりだい。長崎から江戸に行きてぇのなら江戸前行きの船に乗ったらよかろうに。あいつらは新潟になんの用があるってんだい」

「さぁて？　手前どもはそこまで詮索《せんさく》いたしませんのでねぇ？　さぁ、こちらにお渡りください」

話をはぐらかされたうえに急《せ》かされて、源之丞は船室に入った。

船室には机と椅子が置かれてあった。

「さすが、長崎渡りの船は違うな」

源之丞は椅子に座る。船には丁稚小僧も乗っていた。ギヤマンのグラスにブドウ酒が注がれた。源之丞からすれば珍しくもない。卯之吉と遊興していれば洋酒を飲む機会も増える。

どうぞと手代に勧められてクイッと呷った。

「……美味い酒だが、ちょっとばかし酸味が出ていやがるな。辨喝喇《ベンガラ》の海を渡る時に熱気に蒸されたんじゃねぇのかい」

辨喝喇の海とはインド洋のことだ。

「あっちの海は酒を腐らせるほどに暑いって聞いてるぜ」

源之丞は酒飲みだ。しかも卯之吉のせいで上物ばかりを飲んでいる。酒の味にはなかなか煩《うるさ》い。

「これは畏《おそ》れ入《い》りました」

と、手代もこの時ばかりは作り笑顔を引っ込めざるを得なかった。

源之丞もグラスを脇に寄せた。

「さて、酒を馳走になりに来たんじゃねぇんだ。話をつけようじゃねぇか。うちの浜辺に積み荷を降ろしたがってる、ってぇ聞いたが」

「仰せの通りにございます」

「新潟港まで行きゃあいいじゃねぇか。確かに嵐は来そうだが、まだ間に合う頃合いだろう」

「新潟港は荷揚げの順番待ちをする船でごったがえしておりまする」

「なんだって港がそんなに混んでいやがるんだい」

「江戸と諸国を襲った大雨と洪水もようやくに止みましたゆえ、人々は流された家を建て直し、泥水に使った着物や布団を買いなおすなどしております。売り物はいくらあっても足りないぐらいで、諸国の問屋はこぞって商品を送り届けておるのでございます」

「景気が良くなってなによりのこったなあ」

「積荷の荷揚げを待つ間、我らは港の沖に錨を下ろして停泊せねばなりません。そこを嵐に襲われたならひとたまりもないのでございます」

「なるほどな。あんたらの苦しい立場はわかったぜ。だがな、こっちも言いづらい話をしなくちゃならねぇ。この浜には漁師しかいねぇ。荷船の荷卸しなんか、やったこともねぇんだ。慣れねぇ仕事をさせられたんじゃ怪我人も出るってもんだろ」

源之丞はこれでも領主の息子だ。領民を守らなければならない。

手代は笑顔をますます強烈なものにして迫ってきた。

「それでしたなら、手間賃を弾ませていただきます。一人頭、一日に二百文」

「ずいぶんと景気が良い話じゃねぇか」

「ご領主様には船道前《ふなどうまえ》として五両、納めさせていただきます」

船道前とは入港税および港湾使用料のことだ。

「五両か……」

貧乏大名の梅本家としては大金だ。滅多にない臨時収入である。

一日に二百文の銭は漁師たちにとっても嬉しい話だ。危険な力仕事でも請け合う者はいるだろう。

「よぅし、わかった。この俺が村の漁師に話をつけてやらぁ。お前ぇたちは好きな所に碇を下ろすがいいぜ」

「早速のご承知、まことにありがたく存じます」

手代はすぐにも五両を懐紙に包んで差し出してきた。

源之丞は受け取って袂に入れた。これで入港契約の成立だ。

甲板に出ると激しい風が吹きつけてきた。

「なるほど、船乗りの日和見《ひよりみ》はてぇしたもんだな。海が荒れてきやがったぜ」

「大荒れになる前に荷を下ろしとうございます」

「わかった。手筈を急がせるぜ」

船の揺れも激しくなってきたが、源之丞はものともせずに舷側《げんそく》を乗り越えて、乗ってきた小舟に乗り移った。

四

風はますます激しくなってきた。黒い雲が龍のようにうねる。ついには容赦なく大粒の雨が降ってきた。叩きつけるような勢いだ。

「こいつは酷《ひで》ぇな。松明に火をつけろ」

まだ日没前だが十分に暗い。浜辺に目印の松明を焚《た》いておかないと海上の小舟が方角を見失ってしまいそうだ。

沖には但馬屋の船が泊まっている。二つの岬は天然の防波堤だったが、それでも風が激しすぎる。船は左右に大きく揺れていた。

源之丞は浜辺で作業を見守っている。笠をかぶり、蓑を着けていたが、水が染みてくる。それほどの大雨だ。笠の上で雨が弾けて白い水煙がたつほどなのだ。

村の漁師たちは小舟を必死に漕いでいる。普段、村人が漁労に使用している漁《いさ》り船《ぶね》だ。

小舟には荷物が載せられていた。舳先《へさき》が浜辺に着けられた。浜で待っていた男たちが駆け寄って荷物を担いで浜へと運んだ。

源之丞は荷物に目を向けた。

「積荷は木箱か。俵じゃなくて良かったぜ」

この浜には蔵がない。密閉された木箱なら雨に打たれても中身が濡れることはない。俵だと雨水が染みてしまって商品価値が下がってしまうことがあったのだ。

木箱は浜辺の一番奥の苫小屋の前に積みあげられた。

その木箱の周りには不気味な男たちがうろついている。長崎から便乗してきたと説明をされた者たちだ。

源之丞は笠の下で眉をひそめた。

「乗合の客だなんて言ってやがったが、但馬屋の用心棒に違《ち》ぇ《げ》ねぇぞ」

腰の刀に反りを打たせて周囲に目を光らせている。〝刀に反りを打たせる〟とはいつでも抜刀できる角度で帯に差すことをいう。つまり臨戦態勢だ。

「あんなにまでして厳重に見張らせるってのはどういうこったい。あの木箱、いってぇ何が入っていやがるんだ」

などと訝しく思っていたところに網元が走ってきた。

「若君様、これ以上はもう無理だ。荷揚げは止めるように言っておくんなせぇ」

風はますます激しく、浜辺の松の木も吹き倒されてしまいそうだった。外海から押し寄せる波もどんどん高くなっている。

漁師たちも集まってくる。

「荷揚げなんかしてる場合じゃねぇですぜ！　オイラたちの漁り船を引き上げなくちゃならねぇ」

嵐の際には漁船を浜辺に引き上げて流失を防ぐ。漁船は村人の生活の糧だ。失われたら皆で窮乏してしまう。

「しょうがねぇ、荷揚げは止めだ」

「合点ですぜ！　おおいみんな！　浜に漁り船を揚げるぞッ」

網元が浜辺に走る。漁師たちが一斉に従った。

漁師たちは荷を運ぶのに使っていた漁り船を砂浜に引き上げ始めた。轆轤《ろくろ》と呼ばれる引き上げ機——西洋で言うウインチがこんな寒村にもある。蘭学の普及のお陰だ。

長い綱が漁り船に繋がれた。男たちは轆轤の横棒にしがみついて巻き取り始めた。威勢のよい掛け声とともに漁り船は砂浜に引き上げられていく。

但馬屋の手代が駆け寄ってきた。

「まだ荷は残っております！　船をお戻しくださいッ」

源之丞は怒鳴り返した。

「馬鹿言っちゃいけねぇ。海が荒れすぎて無理だぜ！」

「お約束どおりにこちらは銭を払いましたよ！」

「二百文の銭と引き換えに命を捨てろとは言えねぇ！」

風と雨はますます強まる。なんだか真横から雨が降ってくるような勢いだ。波もますます激しくなってきた。

網元が血相を変えて走ってくる。

「若君様ッ、高潮が押し寄せて参ぇりやす！」

「なんだと？　高潮だ？」

江戸育ちの源之丞には高潮の恐ろしさがよくわからない。訝しんでいるうちに波がますます大きくなった。

但馬屋の船から叫び声が聞こえてきた。

「碇綱《いかりづな》が切れたぞーッ」

「船が流されるッ。舵《かじ》を切れッ」

「か、舵棒が折れやしたーッ。もう駄目だあ！」

巨大な船が傾きながら押し流されてくる。船体の軋《きし》む不気味な音がした。まるで怪獣の吠える声のように聞こえた。

船は何艘もの漁り船に次々とぶつかり、転覆させながら浜辺に迫る。揚陸作業中だった船にも激突した。

「うわーっ」

漁り船から漁師たちが転落する。但馬屋の大船からも船乗りたちが海に落ちた。

但馬屋の船はそれでも止まらない。漁船を破壊しながら砂浜に乗り上げる。

源之丞も網元も手代も砂浜を走って逃げた。背後で漁船が横倒しになり、壊れた木材が飛んできた。

但馬屋の船はようやくに止まった。怪我人も出たようだ。「しっかりしろッ」などと仲間を励ます声があちこちで聞こえる。

源之丞は浜辺の奥の苫小屋まで避難した。ここは少しだけ高地になっている。高潮の波も届かない。

五

雨は激しく降り続いている。浜に莚《むしろ》が敷かれて怪我人が介抱されているが、それも雨の降る中だ。油を吸わせた松明だけが雨の中でも燃え続けているが、強風で今にも吹き消されそうになっていた。

漁師たちは浜辺の惨状を見て悲嘆にくれている。

「なんてこった。オイラたちの浜がめちゃくちゃになっちまった」

「漁り船が壊されたッ。これじゃあ漁にも出られやしねぇ！」

「やいっ但馬屋ッ。碇綱を切るなんて土地《どじ》を踏みやがって、いってぇどうしてくれるんだッ」

漁師は気が短い。顔を怒らせて手代に詰め寄る。手代はそそくさと後退《あとずさ》った。代わりに但馬屋の船乗りたちが踏み出してくる。こっちも喧嘩っ早い。たちまち

殴り合いが始まった。

「待て待てィ！」

源之丞が割って入る。それでも殴ってこようとした船乗りの腕を取って、骨法《こっぽう》術《じゅつ》（合気道《あいきどう》）の技で投げ飛ばした。

凄《すさ》まじい武芸だ。皆が静まり返る。

浜辺の惨状を、源之丞は険しい面相で睨みつけている。その顔つきのまま但馬屋の手代に目を向けた。

「お前たちの荷は公収する」

公収とは〝公的に没収する〟という意味だ。大名家が取り上げる、という宣告であった。

手代は動揺しきっている。

「なんですとッ。ご無体《むたい》な……！」

「無体じゃねぇ。浜で難破した船の積荷は、難破した浜の所有物となる――ってぇのが大昔からの習わしだ。手前ぇらの船のせいで村人に怪我人が出た。漁り船も壊れた。船の残骸が邪魔をして片づくまでは小舟で漁にも出られねぇ。漁師たちからしたらとんだ迷惑。漁に出られないんでは日々の糧も得られねぇ。死ね、って言ってるのと同じだぜ」

「……されど」

「迷惑なのは俺たち武士も同じだ。この漁村から上る年貢が滞ったなら、藩の財政も傾いちまう。よって積荷は差し押さえる」

「お待ちくださいませ若君様。弁済金は新潟の但馬屋より確かにお届けに上がります！　但馬屋は新潟港の大問屋！　信用第一の商いですのでお大名様との約定を違《たが》えたことなどございませんッ。なにとぞ、積荷に手を掛けるのだけはご勘弁くださいませッ」

「但馬屋《おまえたち》を疑ってるわけじゃねぇ。だがお前たちの言い分に唯々《いい》諾々《だくだく》と従っていたんじゃあこっちの顔が立たねぇ。弁済金もなしに荷を引き渡せって言い分こそが無法だぜ」

源之丞としては、当たり前のことを言っているだけだ。これが当時の〝法〟である。

「漁師たちがオイラの裁きを見守ってるんだ。目溢《めこぼ》しはできねぇ。弁済金が届くまで、荷は質草として預らせてもらうぞ！」

苫小屋に半紙と硯と筆があった。源之丞は紙の裏に糊をつけて箱の蓋に貼りつけた。筆を取り、〝梅本家　封〟の文字を紙一杯に書いた。

蓋を開ければ紙が破ける。中身を勝手に持ち出されないための封印であった。

「お止めください！　ご無体にございます！」

「そっちの我《わ》が儘《まま》には付き合えねぇよ！　お前ぇだって袋叩きにされたくはねぇだろう。漁師たちを鎮めるにはこれしかねぇんだ」

源之丞は箱のすべてに紙の封を張った。

次に漁師たちに向かって叫んだ。

「おい、荷車をもってこい！　城まで運ぶぞ」

小声で手代に囁く。

「この浜に置いておくよりは、城の蔵にしまっておいたほうがいいだろう。風雨や潮風にさらされずに済むからな。蔵代まで取ろうとは言わねぇよ」

蔵代とは蔵の使用料のこと。源之丞とすれば、善意でやってあげている、ぐらいの気分だ。

漁師たちが荷車を引いてきた。

「大事な質草だ。丁寧に扱え」

源之丞の指図で木箱が積まれて縄が掛けられた。苫小屋に運ばれてあった箱の二十個と、海に沈むのを免れて拾い上げられた箱の三つが荷車六台に分けて載せられた。

手代は歯ぎしりしながら見守っている。源之丞は手代に言い聞かせる。

「お前ぇたちは村の寺にでも泊まるがいいぜ。俺が城下に着いたら医者を送ってよこす」

源之丞は漁師たちに「行け！」と命じた。荷車は車軸を軋ませて動き出した。

六

既に日は暮れている。道は真っ暗だ。まるで墨の中を進んでいるかのようだった。しかし松明は煌々《こうこう》と燃えている。村人にとっては子供の頃から通い慣れた道だ。道に迷う心配などはまったくない。

車列の先頭に立って松明を握っているのは網元だ。雨が激しい。顔に掛かった雨水を素手で払った。

道はまるで泥沼のようになってきた。草鞋の底に張りつく。車輪も沈んで前に進めるのにずいぶんと踏ん張らなければならなかった。

源之丞も荷車を後ろから押してあげたい気分なのだが、そんなことをしたら漁師たちは全員畏れ入ってその場で土下座してしまうだろう。若君というのは面倒臭い立場であった。

と、その時だ。源之丞は背後から怪しい気配が迫って来ることに気づいた。バシャバシャと泥水を撥《は》ねながら複数人の足音が近づいてくる。直後、

「ぎゃあっ」

いちばん後ろの荷車を押していた漁師が悲鳴をあげた。

黒覆面の男たちが刀を抜いて斬りかかってきたのだ。

「……しまった！」

源之丞は刀を抜いて走り出す。雨と風の音が凄まじすぎて曲者《くせもの》の気配に気づくのが遅れた。漁師たちは慌てふためいて逃げまどう。細い道で源之丞とぶつかり、行く手を塞いだ。

この間にも漁師たちが何人も斬られていく。

「おのれッ、狼藉者《ろうぜきもの》どもッ」

源之丞はどうにか漁師たちを押し退《お》け《の》て曲者たちの前に出た。

大の字に立ちはだかって大太刀を構えた。曲者たちを睨みつける。

「手前ぇらは、但馬屋の船に乗ってきた連中だなッ。この襲撃は手代の指図によ

るものかッ」

返事はない。一斉に武器を向けてきた。

先頭に立つ曲者はひときわ大柄だ。雨で濡れた着物が肌に張りつき、隆々たる筋肉が丸見えになっている。まさに巨漢。背中には大きな刀を背負っている。

源之丞はニヤッと笑いながら激怒した。相手にとって不足はない。

「面白《おもしれ》ぇ！」

思い切り前に跳んで大太刀を振り下ろした。ブウンと刃音を立てて振り抜かれる。同時に巨漢が背負った刀を抜いた。互いに空中で円弧を描いて二本の大刀が激突した。ギインと凄まじい音がした。

源之丞は「ぬうっ」と唸った。源之丞の怪力をもってしても押しきれない。柄《つか》を握った指が痺《しび》れた。握力で負けそうになっている。

巨漢の腕は丸太のように太い。刀も分厚くていかにも頑丈にできている。

「手前ぇ！　日本の武士じゃねぇなッ？」

噂に聞く清国の青龍刀《せいりゆうとう》だ。

もしも源之丞の大太刀が普通の刀であったなら青龍刀に折られていたかもわからない。

「殺《シャー》！」

巨漢は力任せに刀を振るってきた。源之丞は素早く飛び退いた。青龍刀の重い一撃は迂闊《うかつ》に刀で受けることもできない。

それでも源之丞は臆することを知らない。

「刀の大きさ比べじゃあ、勝てねぇようだな！」

そう言うと大太刀を地面に突き刺した。そして今度は脇差を抜いた。

「短い刀は、どうだい！」

刀が軽くなった分だけ素早く動ける。源之丞は巨漢の懐に飛び込んで小刻みの斬撃を振るった。

案の定、巨漢は動きについてこれない。源之丞は素早い一閃で腕の内側を斬った。血が飛び散る。

しかし浅手だ。短刀では巨漢の腕を切り落とすにはいたらない。巨漢は顔を歪めて後退する。代わりに今度は小柄な男が飛び出してきた。

「キエーッ！」

両手にトの字形の棒を握っている。短い部分が持ち手で、長い部分がクルクルと回る。変幻自在の攻撃で源之丞に殴りかかってきた。琉球武術のトンファーだ。源之丞が初めて対する空手使いであった。目にもとまらぬ攻撃を源之丞は天性の勘で避《よ》けていく。琉球人は蹴り技まで出してきた。源之丞は身を仰《の》け反《ぞ》らせて辛くも避けた。

空手使いも源之丞の身のこなしに驚いている。一瞬、間合いを取った。

空手使いは邪魔な笠を脱ぎ飛ばす。総髪の短い髷で、額に鉢巻きを着けていた。

源之丞は凄まじい笑みを浮かべた。

「足まで出してくるとは面白ぇ！　それなら遠慮はいらねぇや。俺は〝行儀の良い剣術〟よりも喧嘩技のほうが得意なんだぜ！」

短刀を振りながら跳び込む。空手使いはトンファーで打ち払った。そこへすかさず源之丞が足蹴りを飛ばす。空手使いも蹴りで応じた。脛《すね》と脛がぶつかる。

お互いに後ろに弾かれた。体勢が崩れるのもかまわず源之丞は刀で斬りつけた。

切っ先が空手使いの額をかする。鉢巻きが切れて飛んだ。額にうっすらと刀傷がついた。

「ぬうっ！」

空手使いは自分の額を押さえる。掌《てのひら》についた血を驚愕《きようがく》の目で見た。斬られたことで自尊心を大きく傷つけられたようだ。

空手使いも後退した。源之丞は地面に刺してあった大太刀を引き抜いて構える。

「次はどいつだッ」

曲者の集団の後ろの方から黒い影が踏み出してきた。

「試合じゃなかぞ。一対一で戦わんでもよか。押し包むとよ！」

「その訛りは、薩摩の者かッ」

黒覆面で面相は見えない。闇も深いうえに雨が目に流れ込んでくる。源之丞は目を凝らしたが、視界は悪い。

曲者たちが大きく広がって源之丞を包囲する。

「キエーッ！」

「とわァっ！」

次々と気合を発して攻めかかってきた。青龍刀、日本刀、トンファー。異なる武器の攻撃で間合いと息を乱される。さしもの源之丞も避けるので精一杯だ。

「ヌウン！」

巨漢が青龍刀を振り下ろした。源之丞はガッチリと受けた。だが草鞋の底が泥で滑る。

（あッ）

と思った時には道を踏み外していた。

峠道の下は谷だ。巨漢がさらに押してくる。源之丞は谷底を目掛けて転落した。二度、三度と崖にひどく叩きつけられてから、冷たい水にドボンと落ちた。

それから四半刻（約三十分）後。

源之丞は崖を這《は》い上がって戻ってきた。岩を摑んだ手の皮は破れている。髪もザンバラに乱れていた。

そして道に横たわる無数の死体を発見した。

「網元ッ、それに漁師の者たちまで！」

倒れた男たちの息を探るが、すでに呼吸は止まっている。

荷車もない。泥道に刻まれた轍《わだち》の後が残るばかりだ。

「くそっ、よくもやりやがったな！」

源之丞は轍を追って走りだした。

結論から言うと、源之丞がたっぷり二刻（約四時間）も追跡した先で、置き捨てられた荷車だけを発見した。

荷車には石がつまれてあった。深い轍をわざと地面に残して、無駄な追跡をさせるためだ。

「クソッ、まんまと騙されちまった」

木箱は別の道を通って運び去られたのだろう。

源之丞は城下に戻って役人たちに一部始終を告げ、関所の封鎖を命じた。

だがすでに遅かった。曲者たちは梅本領の外へ逃れ出た後だったのだ。

「クソッ、俺が、偽の轍に気を取られたりしていなければ……！」

源之丞は父親の城で御殿医《ごてんい》の治療を受ける。酷い打ち身だが、怒りが勝って痛みを感じる暇もなかった。

さらには但馬屋の手代も城までやってきた。源之丞が応対すると、例によって薄笑いを浮かべた顔つきで、

「手前どもがお預けした荷が、盗賊たちに奪われたと聞き及びました」

などと言ってきた。

（野郎、とんだ挨拶だな）

内心激怒しつつも、父親の城で暴れるわけにもゆかない。

「荷車を引いていた漁師たちも殺されたぜ。曲者たちに見覚えがある。あんたの船に乗ってきた男たちだ。あいつらはどこにいる」

この手代が命じて荷を取り返したに違いないのだ。眼光鋭く詰問すると、手代はいけしゃあしゃあと答えた。

「なるほど！　あの旅人たち、昨夜から見当たりませぬ。急に姿をかき消してしまったのでございます。左様でございましたか、あの者たちが悪党だったとは。ええ、心当たりがございますとも。荷船に便乗してきて、隙あらば襲いかかって荷を奪う悪党どもが琉球辺りに出没していると聞いたことがございます。なるほどなるほど。あの者たちが、その悪党にございましたかぁ」

（見え透いた嘘をつくんじゃねぇ！）

怒鳴りつけ、衿を摑んで締め上げてやりたい。だが、悪党たちと但馬屋が一味だという証拠もない。

手代はさらに白々しく言葉を重ねる。

「手前どもがお預けした荷を奪われたのです。梅本様には弁済をお願いいたししたきところ。されど手前どもの船で曲者を運んできたとあっては、手前どもの罪も免れませぬ。いかがでしょう、この件、公儀の評定所にご判断をお願いしては」

「評定所だと」

それは幕府の最高裁判所である。老中など幕府の重職が列席して裁きを下す。

「手前ども但馬屋は、新潟奉行様と昵懇《じっこん》にさせていただいております。新潟奉行様にお願いしてご裁定を頂戴しとうございます」

新潟港は幕府の直轄地である。

但馬屋の手代は『源之丞たち梅本家の裁判は受けない』と言っているのだ。

但馬屋は新潟港の大問屋。日本海通運を仕切る豪商だ。梅本家のような小大名など歯牙《しが》にもかけない。もはや源之丞が何を言っても聞く耳を持たない。そういう顔で手代は澄ましかえっていたのであった。

第四章　うつろ舟

一

今日も桜島は盛大に白煙を吹き上げている。

道舶の隠居の館に長崎奉行所の者がやってきた。その時、道舶は昼食をとっていた。食べていたのは豚肉である。薩摩では殿様も庶民も豚肉を食べる。テーブルに西洋の皿を置き、ナイフとフォークで食事を取った。蘭癖もここまで徹底しているのは珍しい。

側近がやってきて外の濡れ縁に膝をつく。道舶はチラリと目を向け、側近が口を開く前に質した。

「高隅外記が金を送ってまいったか」

金策を命じた二十五万両。この大金で、新式鉄砲を購入する。

しかし側近は首を横に振った。

「本日は金策の件ではございませぬ。長崎奉行所の役人が参りました」

すると道舶は露骨に不快げな顔となった。

「待たせておけ」

それからゆっくりと食事をする。食事のあとで湯に入った。離れ小島のこの館は快適だったが、唯一の不満は潮風だ。肌がべたつく。道舶は一日二回、湯を浴びるのが日課であった。

たっぷり一刻（約二時間）は待たせたあとで、対面所の広間に足を向けた。

長崎奉行所の役人は茶も出されずに、板敷きの床の上で待たされている。道舶が入っていくと、サッと平伏した。

道舶は億劫《おっくう》そうに腰を下ろし、役人に冷たい目を向けた。

「わしが島津の隠居、道舶である」

役人は平伏したまま答える。

「長崎《ながさき》奉行《ぶぎょう》支配《しはい》調役《しらべやく》、島本甚九郎《しまもとじんくろう》と申します」

長崎奉行の支配下にある調査員、という意味だ。

この役職、扶持米《ふちまい》は百五十俵であった。役人としてはなかなかの高給取りであったが、しかし、島津家七十七万石の隠居から見れば塵芥《ちりあくた》のような存在だ。「面《おもて》を上げよ」とも言わず、平伏させたまま話を進める。

「して、何用か」

「ハハッ、漁師や廻船商人たちが長崎奉行所に訴えをあげて参りました」

「それで」

「薩摩の近海に、異国の黒船が出没していることが判明いたしました」

「ほう！」

道船は、さも驚いた、という顔をした。

「またぞろ異国の船がうろつき回っておるのか。けしからぬことじゃ。先年ロシアの船が長崎沖に来航したばかり。長崎奉行所もさぞや気が揉めることであろう。気の毒にのぅ」

「お心遣い、いたみいります。我らの調べにより、その異国船はメリケン国の旗を掲げておったことが判明いたしました」

「やれやれ、大海の彼方の国ではないか」

道船は傍らに置いてあった地球儀に手を伸ばしてグルリと回す。

「何をしに参ったのやら。おおかた鯨捕りの船であろう。放っておくがよかろうぞ」

「我らの調べたところによれば、メリケン国の船団は、琉球にも寄港していたとのよし」

「ふぅん、左様か」

「琉球国の運天港には島津家の代官が送られておりましょう」

「琉球国を厳しく見張れ、と、東照神君家康公が島津家にお命じになられた。それゆえわずかな武士を配しておる」

「メリケン国の船団が入港したなら、長崎奉行所に報せる取り決めとなっておりましたな。されど、こたびは我ら、なんの報せも頂戴しておりませぬ」

「琉球国は島国じゃ。運天港の他にも多くの港がある。琉球王と親方《うぇーかた》と呼ばれる重臣たちが支配しておるのだ。島津の代官が琉球を隈《くま》なく見張れるはずもない」

「見逃したとの仰せにございますか」

「千慮《せんりよ》の一失《いっしつ》じゃ。ともあれこの一件、急ぎ、江戸の上様にお伝えするのが良かろうぞ」

「すでに伝馬船《てんません》を送っておりまする」

伝馬船は海上の飛脚だ。小舟を八丁〜二十丁もの櫂《かい》を漕いで進む。速力を稼ぐことだけを考えた構造だった。

道船は頷いた。

「抜かりのない手筈じゃ。ともあれ島津家には何もしてやれることはなさそうじゃな。島津領の港や漁村に触れを出し、メリケン国の船を見かけたならば鹿児島の城に報せるように命じておこうぞ。即座に長崎に飛脚を送ろうぞ」

「早速の手配り、あつく御礼申し上げまする」

長崎奉行所の役人は帰っていった。

道船は妖しい冷笑を浮かべた。

「あれで納得して引き下がるようでは、長崎奉行所の調役は務まるまいぞ」

側近を呼ぶ。

「領内に密命を出せ。領内で公儀隠密が動き出すはずじゃ。一人残らず見つけ出して討ち取れ――となし」

「殺してもかまわぬのでございますか」

「かまわぬ。日頃鍛練の示現流《じげんりゅう》、腕の見せ所じゃ」

「心得ました。領内がいささか騒がしくなりましょうが……」

「町奉行所や郡《こおり》奉行所には、死体を見つけても騒ぐな、と言いつけておけ」

側近は「ハハッ」と答えて退室した。

道舶は窓の外に目を向ける。桜島の噴煙を眺めて目を細めた。

「面白ぅなってきたわ！」


その日の夜から島津領内では凄まじい暗闘が始まった。暗夜、城下や街道、山道など、場所を選ばず「チェストー！」の絶叫が響きわたる。翌朝、町人や村人が死体を発見する。

死人の職種は様々だ。医師や俳諧師、行商人、猟師や木こりなどなど。他国から嫁入りしてきた女人たちも斬られた。

犯罪を取り締まる町奉行所や郡奉行所の役人たちは、死体を見ても検屍《けんし》もしない。下手人を見つけるための手配りもしない。

薩摩の領民たちも、それらの男女が公儀隠密だと察して口を閉ざした。街道を旅の者が歩いていれば公儀隠密かもしれないと怯《おび》え、隣家に嫁入りしてきたお内儀がくの一かもしれぬと怯える。ほとんど戦時下のような緊張に包まれたのだった。

*

東海道、品川の宿場から一騎の騎馬が駆けてきた。馬上の武士は盛んに鞭《むち》を振り、馬の尻に当てている。遮二無二《しゃにむに》馬を急がせた。

「退《の》けッ、退けィッ！」

道行く人々に大声を放って道を空けさせる。異常事態が発生したと誰もが察した。そもそも江戸の市中では馬を走らせることは許されていない。非常時だけに許される行為なのだ。

騎馬の武者は江戸城の門前に到達した。

「使番《つかいばん》でござるッ。一大事につき馬で通るッ。ご開門！」

使番とは伝令兵のことだ。門を開けさせて馬で江戸城内に突入した。

使番が携えてきた書状は、すぐさま将軍の許に届けられた。将軍は一読して顔色を変えた。

「老中を集めよッ」

お城坊主が老中の用部屋に走る。老中たち四人はすぐさま中奥御殿にやってきた。足袋の裏をススッと滑らせての小走りだ。

　このとき老中の定員は四人。横に並んで折り目正しく低頭した。壇上から将軍が見下ろしている。

「揃ったか。火急の事態ゆえ挨拶は抜きじゃ」

　老中たちを順に見据えて将軍が非常事態を宣言した。

「メリケン国の軍船四隻が来航してまいった。目下のところ、薩摩国の沖合に停泊中とのことだ」

　老中たちも驚きを隠せない。

「なんたること！　軍船が、それも四隻とは」

「東照神君家康公以来の危機ではございませぬか！」

　などと口々に声を漏らしている。

「上様！」

　声を張り上げ、ズイッと膝を前に滑らせたのは本多《ほんだ》出雲守《いずものかみ》だ。老中の任期が長く、他の老中からも一目置かれている。

「かくなるうえは、全国の諸大名に兵の動員を命ずるしかございませぬ」

　横でその献策を聞いた甘利備前守は（えっ？）という顔をした。

その顔つきを見て、将軍が声をかけてくる。

「甘利よ、出雲守の申しように異存があるのか。思うところを申せ」

「は、はっ」

将軍から意見を言えと言われたら、断れない。

「諸大名は未だ、三年越しの長雨の痛手から立ち直っておりませぬ。出兵は、あまりにも重い負担になろうかと……」

本多出雲守がジロリと目を向けてくる。

「財務の負担を恐れて国土を失ってなんとするッ。損得の勘定ができておらぬぞッ。財務に明るい甘利殿とも思えぬ物言い！」

将軍も渋い表情を甘利に向けた。

「余《よ》も出雲守に同意じゃ。征夷《せいい》大将軍は家康公以来、徳川代々が受け継いできた。余の代になって他国に屈することは許されぬ。歴代の将軍に合わせる顔もなくなろうぞ」

そう言われると、老中たちは（ごもっとも）と低頭して同意を示すより他にない。将軍は続ける。

「そもそも将軍家は帝より大政を預っておるに過ぎぬ。帝より預かりし国土を喪失するなどあってはならぬ」

「そのことにございまする、上様」

本多出雲守が前屈みになって畳に手をついた。目は将軍に向けている。

「この一件、帝と朝廷にも、急ぎお知らせせねばなりませぬぞ」

「うぬっ……」

「万が一、メリケン国との大戦となれば、京も戦火に巻き込まれるやも知れませぬ。帝と公家衆にもお覚悟をいただかねばなりませぬ」

「京に攻め込まれると申すか」

「メリケン国は船で攻めて参りましょう。大坂湾に上陸されれば、京はすぐそこにございまする！」

将軍はうろたえた。

「いかにも……京が危ない……！」

もともと病弱な質《たち》である。心労にも弱い。

別の老中が発言する。

「大坂湾は紀州徳川家が守っておりまする！　容易に敵に屈するものではございませぬ。なにとぞお心を安んじられまするよう！」

「おう、そうじゃな」

将軍は落ち着きを取り戻した。「ともあれ」と続ける。

「京には報せねばならぬ。京都所司代に命じ、帝への上奏をはかるよういたせ」

「ハハーッ」

老中たちは平伏した。

二

江戸城の只中を銀八がトボトボと歩いている。右側は巨大な石垣。左側は本丸御殿の豪奢《ごうしや》な建物。その間の地面には白い玉石が敷きつめられている。

銀八は羽織を着て刀を差し、裁《た》っ着《つ》け袴《ばかま》を穿いている。膝までしか丈のない袴で、膝から下は脚絆《きやはん》を巻いて締める。（相撲の呼び出しが着けている袴と同じ物）。そしていちばん大事なことに、手には大きな竹箒を持っていた。

これが御庭番の姿なのだ。江戸城には将軍や老中しか立ち入ることの許されぬ区画があるが、そんな場所にも地面はあって、落ち葉や埃《ほこり》が溜まってしまう。将軍自らが掃除をするわけがない。掃除を担当する役目の者が掃除をする。これが〝御庭番〟の本来の職分である。

将軍に近づくことができる、という点が重宝がられて、いつしか密偵や忍者の仕事を請け負うようになった。将軍直々に「誰それを探って参れ」と命令されるのだ。

「若旦那に近づこうと思ったら御庭番になるしかねぇ、ってんでしょうけれど、甘利様もご無体でげすなぁ」

松の植えられた中庭を抜けると、その先は御用取次役の用部屋だ。卯之吉の仕事部屋である。庭に面した障子は開け放たれており、座敷の真ん中に机を据えて卯之吉が何事か仕事に励んでいた。熱心に筆を走らせている。

「若旦那……！」

銀八は小声で呼びかける。

「何をなさってるんでげすか」

卯之吉は顔を上げて答えた。

「これかい？　エゲレス語の字引（辞書）を写してるんだよ。蘭書訳局から借りてきたのさ」

アルファベットのAから全ページを書き写して自分用の英和辞書を作ろうとしているのだ。印刷物などない時代なので、本が欲しければ筆写をするより他にない。

「今のところ、ご老中様がたと上様との間には、ご意見の相違もなくてねぇ。あたしも毎日することがない。お陰で学問が進むのさ。ありがたいねぇ」

「こっちはちっともありがたくねぇでげすよ。深川のお座敷が恋しいでげす」

「江戸の町の人たちは、みな元気にしているようかね」

「荒海の親分さんには困りものでげすよ。若旦那が内緒でどっかに行っちまった、てんで、地団駄《じだんだ》踏んで悔しがってるでげす。子分衆も大弱りでげすよ」

「ははは。本当に困ったお人だねぇ」

「若旦那に言われたかぁねぇでしょうよ」

卯之吉は聞いていない。鼻唄でも歌いだしそうな上機嫌で書き写しを続ける。

その時、ズカズカと足音も高く一人の男が廊下を渡ってきた。銀八はハッとする。

「若旦那、甘利備前守様のお渡りでげすよ！」

「んー、甘利様が？　いったいなんの御用かねぇ」

卯之吉は筆を置いて机も脇に寄せた。甘利が入ってきて、挨拶もなく座った。

「八巻大蔵！　これより役儀じゃ。支度をいたせ」

「御用取次のお仕事ですかえ」

「左様じゃ。これより我ら老中が上様に上奏をいたす」

甘利は書状を手にしている。卯之吉は物珍しそうにそれを見た。

「ははぁ？　あたしはこれを突き返せばよろしいのですね？」

甘利は（やっぱり何もわかっちゃいない）という表情で顔をしかめて、首を横に振った。

「違う違う。この件はすでに上様の内意を得ておる！　そなたは、この書状を上様にお渡しし、ご署名と花押《かおう》を頂戴して、そうしたら、わしのところに書状を持って戻ればよいのじゃ」

「……上様のお手許にこちらの書状をお渡ししたら、上様は『嫌だ』とは言えずにご署名しなければならないんですよね？」

「そうだ」

卯之吉は上申書の文面を読んでいたが、顔を上げて甘利に真っ直ぐな目を向けた。

「申しあげます。こちらの書状を上様にお取り次ぎすることはできかねます」

甘利は唖然《あぜん》茫然となった。

「な、なんじゃと！　そなた、ふざけておるのかッ」

「あたしも遊里ではそれと知られた遊び人ですがねぇ、悪ふざけに上様を巻き込むことはできませんよ。あたしは本気です」

常の卯之吉とは思えぬ振る舞いだ。真剣そのもの。思わず甘利も気圧《けお》されてしまった。

「なんぞ、思うところがあってのことかッ」

「思うところは、いっぱいございますねぇ」

梃子《てこ》でも動きそうにない。甘利は目を泳がせた。

＊

中奥御殿、将軍の執務室。襖がきっちりと閉ざされている。廊下に侍《はべ》るはずの小姓と護衛の近習《きんじゅ》たちにも人払いが命じられた。

部屋の中には将軍と甘利、そして卯之吉だけがいる。三人の前には問題の上申書が広げられていた。

将軍が卯之吉に鋭い目を向けた。

「この件の、どこが不承知か。申せ」

「あい。この上奏文は島津様よりの借金のお願い。島津様のご領地に火山の灰が降って難儀しているので、灰のかき上げに十万両の御用金を貸してもらいたい、という、お願いにございますね」

「左様じゃ。徳川家は大名の苦境に際しては金を貸し出すことになっておる」

卯之吉は将軍にクイッと顔を向けた。

「ですが、こちらの十万両でしたら、すでに三国屋が島津様にお貸ししてあります」

「なんじゃと？」

将軍と甘利が顔を見合わせる。卯之吉は続ける。

「三国屋であっても十万両の大金ともなれば、おいそれとはお貸しできませんから、港や水路に溜まった灰を取り除くのにいかほどの人数と日数とお金がかかるのかを調べました。結果として十万両は妥当な額だと算定がつきましたので、お貸しいたしました」

卯之吉は将軍と甘利の顔を交互に見た。相手の反応を確かめながら話を続ける。

「それなのに島津様は、重ねて上様への借財を申しこまれた。不思議ですねぇ。

三国屋が貸した分と合せると二十万両ですよ。こんな大金、島津様の御家中は、いったい何にお使いになるおつもりなのでしょうねぇ」

「八巻！」

将軍が叫んだ。

「上奏文は差し戻せ。老中にはこの一件、いまいちど詳しく吟味するよう命じる」

甘利が「ハハッ」と答えて平伏した。卯之吉はポケッと座っているだけだ。

将軍が卯之吉に満足そうな目を向けた。

「よくぞしてのけた。褒めてとらす」

「いえいえ。あたしはただ、不思議に感じたことを不思議だと申しあげただけですよ」

「それで良い。今後も思ったことを思ったままにズケズケと申せ。老中は八巻の物言いによく耳を傾けるように命ずる」

甘利は大層不満であったろう。しかし将軍に異は唱えられない。

「ハハーッ！」

と答えて平伏した。不満の表情を上様に見られてはならない。

将軍は胸中に決意を固めた様子で大きく息を吸った。

「島津は大藩。将軍家が扱いをしくじれば日本国の大乱を招きかねぬ。じゃがこの件、見過ごすわけにはゆかぬ。八巻！　一時《いっとき》、御用取次役の任を解く。三国屋に戻れ。島津の内偵を命じるぞ」

「かしこまりました」

とんでもない命令を受けたわけだが自覚はない。するっと呑気に即答した。こういうところが〝頼もしい才人〟だと誤解をされる原因だ。

卯之吉は流されるがままに生きてきた。命令に逆らうことはなかった。銀八に言わせると、『若旦那は何も考えていない』のだ。

＊

三国屋の奥座敷で卯之吉と徳右衛門が向かい合って座っていた。

「島津様が三国屋を騙した──と言うのかね！」

話を聞かされた徳右衛門は憤怒の形相を浮かべた。

いつでもどこでも愛想笑いを顔に張りつけている男だけに、たまに怒ると凄まじく恐ろしい。

それでも卯之吉は、のんびりと首を傾げている。

「三国屋と上様の両方を騙した、ということになるのですかねぇ？」

「なるのですかねぇ？　じゃないよッ。おのれ、どうしてくれようか」

悪鬼のごとき形相だ。さすがの卯之吉でさえ引いてしまった。

同じ座敷に喜七と菊野もいた。算盤を弾いて帳合していたのだ。

徳右衛門は喜七をギロッと見た。

「喜七ッ、島津様にお貸しした十万両、徹底的に貸し剝《は》がしますよ！　情けも容赦もいらないからね」

喜七は「へい」と答えた。こちらも腹に据えかねている顔つきだ。目つきが座っている。

「名古屋や大坂、博多や長崎の商人たちにも回状を送ります。『三国屋が島津様に出した手形はけっして換金せぬように』と」

「それで良い。鳩をお使い」

緊急の通信用に伝書鳩が使われる。博多や長崎には大坂の出店《でだな》の鳩小屋を経由して送られた。

商人にとって商いは戦《いくさ》。詐欺行為は〝宣戦布告〟と同じだ。島津家七十七万石を相手に、潰すか潰されるかの大戦《おおいくさ》。徳右衛門は腹をくくったのである。

卯之吉は、のほほんと考えている。

「だけど島津様は、騙し取った大金を何にお使いなのでございましょうねぇ。上様はそこを突き止めてこい、って言ってましたよ」

喜七は思案する。

「島津様は抜け荷の品で大儲けなさっています。珍しい宝物を異国の商人から買いつけて日本の物好きに売るわけですが、買い付けには大金が要りようでございましょう」

卯之吉は「ほうほう」と聞いている。

「西洋のお宝の買い付けだからねぇ。仕入れに金がかかるのは当然だろうねぇ」

徳右衛門が声を怒らせた。

「卯之吉、お前は深刻さが理解できていないようだね。抜け荷の弊害はそれだけじゃないよ！」

「どういうことです？」

「異国の宝物を買い求めれば、日本の小判が異国に流出するんだよ？　日本国内の小判が減ったら日本の商いに障りが出る。小判の数が少なくなった分だけ小判の相場が上るんだ。商いをしたくても小判の数が足りなくて決済できない——なんてことも起こりかねない。商人だけじゃないよ。日本で暮らす誰もが迷惑を蒙るんだ」

金融の締めつけが起こるのと同じだ。

喜七が頷いて同意した。

「抜け荷の商い、大急ぎで取り締まらねばなりません。訊いたところによると、大野屋儀左衛門なる商人が、密かに抜け荷の競り市を開いておるとのこと。蘭癖の金持ちたちは、競い合って大金を払うとの評判です」

卯之吉は「……えっ」と呟いたきり絶句する。

それはいつも卯之吉が出入りしている競りであり、それを差配している商人の名前だ。

徳右衛門はますます憤慨している。

「そんな阿呆《あほ》たちがいるのかい。呆れたものだねぇ。卯之吉、お前は南町の同心様でもあるだろう。蘭癖の無駄遣い者などさっさと捕まえてしまいなさい」

「憚《はばか》りながら手前も手をお貸しします」

徳右衛門と喜七が怒りのこもった目をじっと向けてくる。卯之吉は動揺して目

を泳がせた。菊野と目が合った。菊野は素知らぬ顔つきで、

「本当に困ったお人がいたものですねぇ。たっぷりと凝らしめてやるのが良いですよ」

などと嘯《うそぶ》いた。まったく知らぬ顔を決め込んでいる。

三

卯之吉は江戸市中の目抜き通りをのんびりと歩いていく。町奉行所同心の格好だ。

そろそろ木枯らしが吹き始めようか、という季節だ。町を行く者たちが着物の衿に首をすくめて足早に歩く。そんな中でもひとりだけ春風駘蕩。春の盛りを楽しむ遊蕩児――みたいな顔と風情だった。

「やはり町人地は良いねぇ。お城勤めは性に合わないよ。ご飯も冷たいしねぇ」

大名たちも江戸城では弁当を食べる。温かい食事は出てこない。

ちらりと茶屋に目を向けた。

「温かいお汁粉でも食べてゆこうよ。ああ、温かい物が無性に食べたい」

足を向けようとするのを銀八は慌てて止めた。

「南町奉行所にゆかねばならない御用がおありでしょう！　道草はいけねぇでげすよ」

　道を真っ直ぐ歩かせるだけでも骨が折れる。こんないい加減な男を、なにゆえ将軍様は高く評価をしているのか、さっぱりわからない。


　南町奉行所についた。同心たちは全員、出払っていて詰め所には誰もいなかった。もっとも、昼間に詰め所で居眠りをしている同心など、卯之吉しかいないのであるが。

　南町奉行所内与力の沢田彦太郎は、御用部屋で政務を執っていた。今日も机の上には書類や帳面が山積みになっている。

　傍らには菓子入れが置いてあった。丸い木製の蓋を開けると指を突っ込んでコンペイトウを摘まみ取る。

「頭が疲れたときには甘い物が一番じゃな」

　口に放り込んでポリポリと噛む。

「心労を癒すのにも一番じゃ」

　再び筆を取って帳面に書き付けを始めようとしたその時であった。

「どうもご機嫌よろしゅう」

　卯之吉がやってきて廊下にチョコンと正座した。沢田にとっては卯之吉が一番の心労の種だ。

「お前か。戻ったのか」

思わず舌打ちをしたくなってしまう。

「ずーっとお城におってもよいのだぞ？」

「ハハハ。そんな寂しいことは仰らずに。今夜あたり、深川でどうです？」

「それは良いな！……などと浮かれておる場合か。なんのわけがあって戻ってきたのだ」

「そうでした。ええとこれです。ご老中の甘利様が沢田様に届けるようにって、お使いを頼まれたんでした」

懐から封書を取り出した。

「それを早く言わんか！」

沢田は封書を受け取って封を切り、書状を広げた。目を通す。

「なんと！　これは容易ならぬ事態だぞ」

卯之吉は、書状の内容を知っている。そもそも書面には簡潔なことしか書かれていない。詳しい事情は手紙を運んだ使者が口頭で説明するのが普通であった。

「甘利様が仰るにはですね、島津様江戸屋敷の内偵は公儀の隠密が行う。島津様の金子の動きは三国屋が見張る。町奉行所は抜け荷の品を取り締まるべし、との仰せにございましたよ」

「南町奉行所一同、ご下命をしかと承り申した——と、お伝えを願うぞ」

「あい。今度会ったら伝えときますよ」

「ううむ、抜け荷の取り締まりか。唐渡りのお宝は、売る商人も買い求める者も大金持ちばかり……。面倒な話になりそうだなぁ」

金持ちたちは幕府の権力者に賄賂を贈って便宜《べんぎ》を図ってもらっている。かく言う沢田も三国屋と癒着している。甘利も同じだ。

「抜け荷に関わる金持ちたちに探りを入れれば、すかさず横やりが入ってこようぞ。考えるだに心労がかさむのう」

菓子入れに手を突っ込んでコンペイトウをボリボリと噛む。

「だが、抜け荷は御法度。天下の悪事。我らには町奉行所の誇りがある。いかなる横槍が入ろうとも、決して見逃しはせぬ！」

「沢田様」

卯之吉がクイッと首を伸ばしてきた。

「なんじゃ？」

「そちらのコンペイトウですがね、それも抜け荷の品ですよ。エゲレスの白砂糖から作られてます」

「なんじゃとッ」

「もしかして、ご禁制の品とも知らずに食べてたんですかね」

沢田の指からコンペイトウがポトリと落ちた。

そこへ新米同心の粽三郎がやってきた。笑顔で廊下に跪《ひざまず》く。

「沢田様、お使いを命じられたコンペイトウを買ってきましたよ。ほら！」

得意気に菓子袋を突き出した。沢田は歯嚙みして片手を振った。

「ええい、気の利かぬ奴！　下がれッ、下がれッ」

粽はどうして叱られたのか理由がわからない。急にオドオドし始めた。

＊

卯之吉は八丁堀《はっちょうぼり》の役宅に帰った。美鈴が夕餉《ゆうげ》の膳を出してくれる。

「ご飯とお汁から湯気が上がっているでげす！　う、うまそう〜ッ」

銀八は目に涙まで滲ませた。

江戸城の台所で作られる食事は冷えきっている。毒味役が毒味をしてから二刻ばかり（約四時間）は放置されるからだ。毒薬も食中毒も症状が出るまで時間がかかる。毒味役に異常がないと判別してから、食前に運ばれるのだ。

ちなみに、上様の食膳は何十膳も作られる。その内のひとつが無差別に選ばれて上様の前に出される。残りの膳は家臣たちが食べる。卯之吉も銀八もその冷えきった飯を供されていたのだ。

卯之吉も笑顔でご飯を食べている。

「美味しいねぇ。生き返るようだよ」

その様子を美鈴が嬉しそうに見守っている。必死に修行した甲斐《かい》があって料理の腕が上ったのだ――と信じた。

銀八と卯之吉は笑顔で言い交わしている。

「美鈴様の作ったご飯をこんなに美味しくいただけるなんて、嘘みてぇでげす」

「幸千代君が美鈴さんのご飯を召し上がって『美味しい美味しい』と仰っていた理由がわかったねぇ」

なんだか様子がおかしい。美鈴の笑みが引っ込んで、眉間に皺《しわ》が寄り始めた。

四

越後の海を襲い、抜け荷を積んだ船を難破させた台風は、北太平洋にも甚大な被害をもたらそうとしていた。

アメリカの西海岸から日本への海路はアリューシャン列島沿いを進んでいく。カムチャツカ半島の南を横切り、千島列島に沿って南下するのだ。

この辺りの海には北極からの強烈な寒気が吹き下ろしてくる。ただでさえよく荒れる。今回はその冷たい空気に台風の暑くて湿った空気が激突したのだ。

熱い風が急激に冷やされて豪雨となって落ちてくる。巨大な台風の雲のすべてが雨と化すような勢いだ。さながら天空の底が抜けたかのよう。それはそれは、恐ろしいほどの大嵐となるのであった。

横殴りの風が吹きつけてくる。否、これは〝吹きつける〟などというものではない。叩きつけると言ったほうがよい。

海面に大波が立つ。先端の尖った三角波だ。波の一つが船の舷側よりも高い。

アメリカ海軍の快速船《スクーナー》は大波に翻弄され続けた。

甲板に白いドレス姿の少女の姿があった。マストから伸びたロープにしがみついている。

トマス・フィールド海軍提督の娘、アレイサであった。「あっ」と叫んで海原を指差した。

「雲が空から落ちてくる！」

雨雲の底が乳房のように垂れ下がる。気象用語で乳房雲という。丸い雲の固まりがそのまま海面に落ちてきた。これをダウンバースト現象という。

乳房雲は海面に落ちる。水で膨らませた風船が破裂するみたいに大きく弾けた。雨の爆発だ。凄まじい暴風が真横から吹きつけてきた。スクーナーは激しく揺れた。甲板が大きく斜めに傾いた。アレイサは悲鳴をあげた。

帽子の顎紐《あごひも》が解けて吹き飛んだ。金髪が解けて風に波うつ。それほどの強風の連続だった。

船は傾斜したままだ。水兵たちが濡れた甲板を滑り落ちていく。舷側に叩きつけられて、そのまま海に転落した。

（まるでヘルター・スケルターだわ！）

アレイサは思った。

ヘルター・スケルターは遊園地などに置かれる滑り台のことだが〝地獄《ヘルター》の混乱《スケルター》〟とはまさに今の状況にふさわしい。

船は横転しそうなまでに傾いたが、かろうじて傾きを回復した。とはいえ横波は容赦なく打ち込んでくる。

ブリッジで船長が何事か指示を出している。雨が強くて聞き取れない。若い士官が命令を聞き取った。

船のクレーンに取り付けられていた救命艇が海に向かって下ろされる――その準備が若い士官と水兵たちによって進められた。

「アレイサ嬢！」

船長がロープを伝ってやってくる。

「あなた様にはこれより救命艇に乗り移っていただきます。怖いことは何もない。心配いりません」

「この船は沈むの？」

大丈夫です――などの気休めの嘘すら返ってこない。

「あなた様はトマス・フィールド提督の娘様。けっして死なせはいたしません。合衆国海軍の誇りに賭けて！」

アレイサは船長に手を引かれた。船の傾きが元に戻るわずかな瞬間をついて、少しずつ救命艇に近づいていく。

救命艇のハッチが水兵の手によって開かれた。

「アレイサ様、お急ぎください！」

水兵は大きく手招きをしている。あと数歩で救命艇にたどり着く。ところが船が大きく揺れて、その数歩を踏み出すことがかなわない。顔に当たるのは横波なのか大雨なのかも区別がつかない。アレイサはロープにしがみつくばかりだ。

そしてまたもやダウンバーストが襲いかかってきた。甲板がほとんど垂直になったかと思うほどに傾斜した。

アレイサはロープにしがみつこうとした。だが、わずかに手が届かなかった。

それを見た船長はアレイサの背中をグイッと押した。アレイサはロープを握った。船長は甲板を滑り、船室の壁に全身を叩きつけた。さらに上から積荷が落ちてくる。船長の身体《からだ》を下敷きにした。

「船長《キャプテン》！」

傾斜が戻ると同時に水兵たちが船長の許に駆けつけて積荷を退《ど》かす。大怪我を負った船長が引っ張りだされる。顔中が血だらけだ。アレイサは悲鳴をあげた。

「……アレイサ嬢」

　血まみれの船長が、腹のベルトに挟んであった木箱を引き抜いた。アレイサに向かって差し出した。

「よくお聞きください。この箱の中には大統領閣下からの密命書が入っております。わたしはこれをトマス・フィールド提督にお届けするのが任務でした。ですがもう大統領閣下の命令を遂行することはできません……もう目も見えない」

「弱気なことを仰らないで！　あなたがご自身で父の許に届けなければいけません！　船長ッ、目を開けて！」

　船長の顔からはどんどん血の気が引いていく。最後の力で大統領の密書の入った箱をアレイサに握らせた。

「水兵ッ、アレイサ嬢を救命ボートへ」

　水兵はサッと敬礼すると、太い両腕でアレイサを抱き上げた。

「放してッ、こんなお別れなんて嫌ッ」

　もがくアレイサを水兵は救命艇のハッチに押し込んでハッチを閉じた。ウインチが激しく回り、ロープがどんどん繰り出されていく。

「ああ――ッ！」

救命艇は大海原にザンブリと落ちた。同時に激しく波に揉まれる。アレイサは救命艇の内部で壁や床に叩きつけられた。やがて気を失った。

＊

どれくらい気を失っていたのであろうか。アレイサは瞼《まぶた》に射した眩しい陽光で目が覚めた。

「ここは……?」

ムックリと身を起こす。乱れた金髪をかき上げながら左右に目を向けた。

救命艇はまったく揺れていない。アレイサは窓に顔を寄せた。

「陸地!」

緑の山が見えた。どこかの海岸に打ち上げられたのだと察した。

同時に人語が聞こえてきた。どこの国の言葉なのかわからない。何を喋っているのか、聞き取ることができなかった。

窓に男の顔がヌウッと浮かんだ。艇内を覗き込んできたのだ。アレイサも驚いたが男も驚いている。何事か大声をあげて窓から退いた。

外の人語がいよいよ大きくなってきた。人はますます集まってくる気配だ。アレイサは覚悟を決めた。

艇内を見回す。船長から預った大統領の密書。それを入れた木箱をみつけて片手に抱えた。

ハッチのノブに手を伸ばす。回してハッチを押し開けた。

顔を半分外に出し、周囲の様子を窺う。白い砂浜。松林が広がっている。その向こうには粗末な漁村と緑の山が見えた。

砂浜には大勢の外国人がいた。男も女も、老人も子供も、皆、奇妙な形に髪を結い上げている。男はみんな頭頂部の毛を剃っていた。

（ああ、日本に流れ着いたんだ……）

アレイサは即座に理解した。砂浜にいる者たちは、言葉も宗教も違う、アメリカ人の常識が通じるかどうかもわからぬ者たちだった。

しかし、臆してばかりはいられない。アレイサは思い切って救命艇の外に出た。舟の上で直立すると、日本人たちが「おおお」と声を漏らして一斉に後退った。

五

江戸の市中は今日も大勢の人が行き交っている。

掘割の橋のたもとに一人の男が走ってくると、桶《おけ》を逆さに立てて上に立った。瓦版《かわらばん》売りだ。左手に瓦版の束を持ち、右手には棒切れを持って、瓦版をパンパンと叩いて人目を惹いた。

「さぁさぁお立ち会い！　常陸国《ひたちのくに》の海岸に、なんとも不可思議な舟が流れ着いたよ。真っ黒に塗りたくられて、ギヤマンの窓がついてるってぇ代物だ。オイラも長いこと瓦版売りをやってるが、そんな話は聞いたこともねぇ！　誰が呼んだか知らねぇが、その名も〝うつろ舟〟だ！　中に乗っていやがったのは金色の髪の美人ときていやがる！　いったいぜんたいどういう話か、聞いてるお前さんがたもわからねぇだろうが、喋ってるオイラもわからねぇ。詳しい話はここに全部書いてある。さぁ、買った買った！」

江戸っ子は物珍しい話は大好きだ。群がるようにして瓦版を買い求めた。

そこにたまたま通りかかった男がいた。半左であった。

「真っ黒に塗りたくられた舟だと？」

銭を渡して買い求める。そして、瓦版に刷られた絵を見るなり仰天した。

「い、異国の舟だ！」

想像まじりの拙《つたな》い絵であったが、確かに異国船の特徴を捉えている。

舟の前には異国の少女が描かれてあった。半左の心臓が激しく高鳴った。

（まさか、アレイサ様が……）

慌てて文面を読む。常陸国の漂着した地名まで書かれてあった。

（こいつぁ一大事だ！）

半左は懐に瓦版をねじ込むと高隅外記の屋敷を目指して走り出した。

＊

高隅外記は半左が差し出した瓦版に目を落とした。しばし無言で考え込む。

高隅の屋敷の暗い座敷だ。半左は座敷に入ることを遠慮して庭に正座している。

高隅が質した。

「異国の舟が江戸の近くに流れ着いたのか」

「間違いねぇです」

「メリケン国の舟だという、その理由は？」

「オランダやエゲレスやロシアの舟が難破したなら、西国や北国に流れ着くはずだ。東の海岸に流れ着くのは、東の海からやってきた舟。つまりメリケン国の舟ってことになります」

「なるほど、筋が通っておる」

半左はガバッと平伏した。

「高隅様、江戸を離れるお許しを頂戴してぇ！　オイラはメリケン人に助けられた。今度はオイラが助ける番だ」

「この娘に心当たりでもあるのか」

半左は「うぐっ」と言葉を詰まらせた。トマス提督の娘のアレイサかもしれないと思っては、いる。

「……こんなあやふやな挿絵では、なんとも言えねぇです」

高隅は少しばかり思案してから答えた。

「わかった。行くが良い」

「ありがてぇ！」

「ただし、わしへの繋《つな》ぎを絶やしてはならぬ。漂着した舟を見つけ、メリケン人を救ったなら、必ず飛脚で報せるのだ」

「飛脚？」

「街道の宿場から誰でも飛脚を出すことができる。島津家上屋敷の着払いにすれば銭はかからぬ。道中手形を持っていけ」

高隅外記はその場で道中手形を書きはじめた。旅行中の身分保証書として使われる。江戸時代の旅は、道中手形を所持していないと旅籠《はたご》にも泊まれない。関所を通過することもできなかった。

半左の身許は〝島津家御用船大工〟とされた。藩士ではないが武家奉公人の扱いとなる。

半左は手形を受け取って、ますます頭を低く下げた。

「何から何まで、ありがてぇ」

「メリケン人の漂着者を必ず見つけてまいれ！」

「へい。行って参ぇります」

半左は通行手形を大事そうに懐に入れて出ていった。

半左が去るのと同時に、座敷の奥から但馬屋善左衛門が出てきた。話は聞こえていたらしい。

「雲行きが怪しくなりましたな。もしも本当にメリケン人で、道船様との密約を知っていたなら大変なことになりますぞ。メリケン人が公儀の役人に捕まって、新式鉄砲の三千丁の話を漏らしたなら、どうなりますやら……」

高隅外記は陰気な顔つきだ。そして言った。

「漂着者の口は封じねばならぬ」

「いかになさいますか？」

高隅外記は庭の隅に向かって声を掛けた。

「岡之木《おかのぎ》、参れ！」

垣根の木戸が押し開けられて屈強な侍が庭に入ってきた。大きな髷を雑に結い上げた厳《いか》つい男だ。庭に片膝をついて低頭した。

高隅が但馬屋に説明する。

「この男、薩摩示現流の使い手だ。人を斬ることをなんとも思わぬ」

岡之木はニヤリと笑って挨拶に代えた。なるほど不気味な男であった。

高隅が岡之木に命じる。

「そのほう、半左を追え。半左がメリケン人を見つけ出したならば、メリケン人を斬れ」

岡之木は片方の眉をちょっとあげて高隅を見つめた。

「半左も斬ってよろしいのか」

「半左は斬るな。まだまだ使い道のある男だ。それとも一つ」

「なんなりと」

「我らの陰謀、半左に悟られてはならぬ。あの男は真っ直ぐな気性だ。我らの為《な》さんとする事に疑いを持てば、裏切るやもしれぬ」

「そうなったら、一刀の下《もと》に斬り捨てましょうぞ。なんの雑作もいらぬ」

人を斬りたくて仕方がない、という顔つきだ。

「乱暴な物言いをいたすな。半左は道船様のお気に入りだぞ。道船様のお怒りを買ってもつまらぬ」

「心得申した。されば早速、出立いたす」

岡之木はユラリと立ち上がると足音もなく出ていった。

「た……たのもしいお方にございますなぁ……」

但馬屋が引き攣《ひっ》った声で愛想笑いをした。高隅はジロリと睨む。

「そのほうに頼んだ異国のならず者たちは、どうなっておるか」

「はい、梅本源之丞から荷を奪い返し、江戸に運んでおる最中にございます」

高隅外記は袖の中で腕を組み、黙然《もくぜん》と思案を始めた。

*

卯之吉が銀八を連れてヒョコヒョコと歩いている。江戸の町人地。目指すのは半左の塒《ねぐら》だ。貧乏長屋の路地の入り口で半左とバッタリ出くわした。

半左は自分の部屋から走り出てきたのだ。笠を手にして、振り分け荷物を担いでいる。旅姿であった。

「ああ、半左さん。ちょうど良かった。あなたに会いに来たんですよ」

卯之吉は相手が旅姿だろうが関係がない。取り止めもない長話を始めようとした。半左がそれを遮った。

「生憎《あいにく》ですがね若旦那さん。オイラはあんたと話している暇はねぇんだ」

「ほう？　何かあったのかい」

半左は卯之吉を振りきって走り出そうとしたのだが、何事か思いついた顔つきで戻ってきた。

「若旦那さん、こいつを見てくれ。あんたはどう思う？」

懐の瓦版を広げて突きつける。卯之吉は腰をかがめ、首を斜めにして読んだ。

「うつろ舟？　ふぅん、異国の小舟のようですね。あたしも長崎に行ったことがある。オランダの船を見ましたよ。この絵と似ていた」

「先日、大嵐が来たよな。あの嵐で異国の船が難破したのに違いねぇんだ」

「そして常陸国に流れ着いたと？」

「オイラはそう睨んでるぜ。舟は真っ黒に塗られてあると書いてあるよな。こいつはチャンだ。松脂《まつやに》に炭を混ぜて船体に塗る。水を弾いて部材を守るためだぜ。だからメリケンの船は真っ黒に見えるんだ」

「はあ、さしずめ黒船ですかね」

半左は東の方角をキッと見据えた。

「オイラぁ、常陸に行ってくるぜ！」

走り出そうとしたところを卯之吉が呼び止めた。

「常陸まで旅をする銭はお持ちなのかね」

貧乏長屋で暮らしているのだ。金を持っているはずがない。

「路銀が要りようだろうさ。これを持っておいき」

懐から財布を出して握らせる。半左は困った顔をした。

「旦那さんから金を頂戴する義理はねぇぜ」

卯之吉は笑顔だ。

「黒船の調べがついたらあたしにも教えておくれな。頼んだよ」

「なるほど、そういうことならこの銭で引き受けた。旦那さんも畏れ入った数寄者だな。それじゃあ行ってくるぜ！」

半左は手にした笠を振り回しながら走り去った。卯之吉はぼんやりと見送った。

「ちょっと粗忽《そこつ》なお人ですねぇ。思い込んだら後先考えずに話を進めてしまうんだねぇ」

銀八は（それは若旦那も同じでげす）と心の中で呟いた。

卯之吉は顎に指を添えて考えこんでいる。

「……流れ着いた異国の娘さんはどうなったろうねぇ」

「どうなるっていうんでげすか」

卯之吉は銀八の顔を見つめた。少しばかり真面目な顔つきだ。

「日本の国への異国の勝手な立ち入りは御法度だよ」

「キリシタンの宣教師《バテレン》かもしれねぇでげすからね」

「娘さんといえども役人は放っておかないよ。……娘さんがおとなしく捕まってくれればいいけど、抗ったりしたら斬り捨てられることもある」

「剣呑《けんのん》でげすな」

「あたしらだって、面白がって抜け荷の品を買い求めているけれど、いつお役人様に見つかって斬り捨てられるかわかったものじゃないんだよ」

「若旦那が、そのお役人様でしょうに」

いったい何を言っているのだ、と銀八は混乱するばかりだ。

＊

蘭書訳局で和訳の役人（蘭学者）たちが大勢集まっている。

床には一枚の瓦版が広げられてあった。卯之吉が町で買い求めてきた物だ。それを学者たちが輪になって取り囲んで読みふけっていたのだ。

近眼の者は床に手をついて屈み込み、その肩の上から別の者が覗き込んでいる。この職場にいる全員が、幕府から一流と認められた外国語学者なのだ。しかもいい歳をした大人である。なのにその振る舞いは、新しいオモチャを手にした子供のようであった。

卯之吉は火鉢の横にチョコンと座って、まったりと茶を喫している。ここが自分の居場所、みたいな顔つきだ。すっかり訳局に馴染んでいた。

　和解御用の土屋総右衛門が顔を卯之吉に向けた。

「驚きましたなぁ。異国の舟に相違ございません」

「皆さんもそうお思いかね」

「江戸の近くに異国の舟が流れ着いたというのに、我らはここを離れることが叶いませぬ。ううむ、やんぬるかな。叶うならばお役を放り出してでも駆けつけたい思いにございまする」

「あたしもだよ。今ねぇ、異国の舟に詳しい船大工さんが常陸に向かっております。見聞きして調べたことを教えてもらえる約束を交わしておりますのでね、まぁあと少しお待ちくださいましよ」

「これはこれは、さすがは御用取次役様。お見事なお手配りにございますなぁ」

　訳官たちが一斉に目を向けてくる。どの目もキラキラと期待に輝いていた。

　さすがは日本中から集められた選《え》り抜《ぬ》きの蘭学者たちである。顔つきが違う。さしもの卯之吉もちょっと気後れするほどだ。

「まあ、そんなに期待なさらずにお待ちください……」

　と、そこへいきなり甘利備前守が入ってきた。老中の登場に皆が驚いて平伏する。卯之吉だけがのんびりと茶碗を手にしたままだ。

「おや、甘利様じゃございませんか。訳局にわざわざお渡りとは。どういったご用向きでしょうかねぇ」

甘利は苦々しげな顔をする。

「お前を探しに来たのだッ。こんな所でなにをしておるッ」

「何をしている、とお訊ねになられましても……。蘭学のよもやま話ですよ。ところで、あたしをお探しってことは、何か上様に取り次がなくちゃいけない大事が起こりましたかね」

「起こった。常陸国に異国の舟が漂着したと、関東郡代《かんとうぐんだい》より報せが入ったのだ」

「ほう。奇遇ですねぇ。ちょうどその話をしていたところですよ。ほら」

卯之吉は瓦版を拾い上げて甘利に差し出した。

受け取った甘利は一読して「げえっ」と奇声を漏らした。

＊

「異国の舟が漂着しただとッ？」

江戸城本丸の中奥御殿。将軍が声を張り上げた。

机が置かれて文書や判物が山積みになっている。政務を助けるための小姓や近習がおおわらわとなって書類の山をさばいていた。

将軍という職業は、真面目に取り組もうとすれば日本一の激務となる。そんな最中にまたひとつ、大問題が持ち込まれたのだからたまらない。

持ち込んできた男——老中の甘利備前守は畏れ入った様子で平伏する。

「常陸国の、はらやどり浜なる海岸に打ち上げられたよしにございまするッ」

将軍は素早く思考を巡らせる。

「さては……先日の嵐に巻き込まれたか。して、いずこの国の舟か。我が国と国交のある国の舟ならば良し。すなわちオランダ、清国、朝鮮の舟ならば丁重に扱って帰国の助けをするがよい」

「いかなる国の舟なのか、判別いたしておりませぬ」

「わからぬと?」

「すなわち、我が国とは国交のない国の舟と思われます」

甘利は恐る恐る将軍の顔色を見た。

「いかが取り計らいましょうや」

「鎖国は祖法。とはいえ遭難した舟を見過ごしにはできまい」

祖法とは、将軍家の先祖が定めて、代々の将軍が守ってきた法のことだ。

「国交はなくとも、異国人も我らと同じで人であるぞ。人道にもとる振る舞いがあってはならぬ。水や食料、薬などを与えて沖に送り出すがよい。これまでも我が国はそうしてきた」

「されど……漂着したのは救命の小舟。『水と食料を与えてやるから帰れ』と言われても、海を越えて国に帰ることが叶うとは思われませぬ」

「ともあれ浜辺の者どもには口止めを命じよ！　このような大事が世間に知れ渡ったなら、民は恐慌《きようこう》（パニック）をきたす。いたずらに不安を煽《あお》らせてはならぬ」

「そ、それが……」

甘利はますますオドオドとし始めた。その冴えない顔色を見れば将軍も不安になる。

「いかがした」

「すでに、このようなものが江戸の市中に出回っておりまして……」

懐から瓦版を取り出して広げた。小姓が膝行《しつこう》してきて受け取り、将軍の手許に運ぶ。

将軍は手に取って表情を変えた。うつろ舟と異国の娘の挿絵が目に飛び込んできたのだ。

キッと表情を怒らせて甘利を睨んだ。

「江戸の市中に、すでに知れ渡っておると申すかッ」

「ハッ、ハハーッ！」

甘利は平伏した。

役人たちはきちんと情報を調べ上げてから報告してくる。不正確な誤伝は許されないので精密に調査する。だから時間がかかってしまう。

一方の瓦版は誤伝であろうが、いい加減な噂話だろうがかまわない。事件情報は新鮮なほどに価値がある。瓦版を売り抜ける速度が命だ。風説の流布も恐れずに書きまくり、刷りまくり、売りまくる。

甘利は「畏れながら……」と言上する。

「ここまで世間に知れ渡りましたからには、京の帝と朝廷の耳目にも達しましょう。琉球のメリケン船に続いての難題。扱いをひとつ過《あやま》てば国難となりまする」

将軍の手がワナワナと震え始めた。ギリギリと歯噛みする。苛立《いらだ》ちが抑えられない。手にした瓦版をビリビリと千切り始めた。

第五章　暗闘

一

「ひゃあっ、冷たい！　すっかり冬の氷水だよ」

売れない役者の由利之丞《ゆりのじょう》が悲鳴をあげた。掘割の水に膝まで浸かっている。

「上州《じょうしゅう》や秩父《ちちぶ》の山から流れてきた水だからなぁ。あっちの山ではそろそろ雪が降っておるかもしれん」

答えたのは水谷弥五郎だ。ふたりともほっかむりをして汚い野良着に着替えている。手にしているのは鋤《すき》と畚《もっこ》。掘割に入って底に溜まった泥やゴミを掻き、畚で運び上げるのが仕事だった。

水谷は黙々と鋤を振るう。畚を押さえながら由利之丞は憤懣《ふんまん》たらたらだ。

「景気が良くなったのはありがたいけどねぇ、こうも毎日、仕事が飛び込んでくるんじゃ、休む暇もないよ」

「お前の仕事は舞台に上がることであろうが」

この口ぶりだと、歌舞伎芝居のお役はもらえていないようだ。いつまでたっても大根役者だ。だから日銭を稼ぐために溝《どぶ》さらいなどしなければならなくなる。

「足が凍っちまうよ」

「辛抱いたせ。夏の日差しの下で働くよりはマシであろうが」

などと言い合っていた、その時であった。道の先から大声が響いてきた。

「行き倒れだぁッ！　お侍が倒れているぞーッ」

二人は同時に目を向ける。大道の真ん中にバッタリと大男が倒れていた。

由利之丞は掘割の土塁《どるい》を駆け上った。水谷は顔をしかめて窘める。

「よせよせ。関わり合いになって良いことなどなにもないぞ」

「あのお着物は源之丞様だよ！」

「なんだとっ」

なるほど、江戸でも滅多に見かけぬ傾奇者《かぶきもの》の姿だ。由利之丞が駆け寄る。源之丞の口の前に手をやって息を探った。

「まだ生きてる！　早くお医者のところに連れてゆかないと！」

「医者か。医者と言われてもなぁ……。この辺りに町医者は――」

と、そのとき三国屋の暖簾が目に飛び込んできた。

「八巻卯之吉殿は、ご在宅であろうかな？」

ともあれ、医者の知り合いなど卯之吉しかいない。水谷は源之丞を背中に担いで三国屋に向かった。


「おかわりだ！」

源之丞が空になった茶碗を突き出す。美鈴が受け取って飯を山盛りによそい直した。

源之丞は再びガツガツと食らい始める。その様子を呆れながら由利之丞が見ている。

「病で行き倒れたのかと心配したのに、腹が減っていただけだったのかい」

源之丞の大きな身体の後ろから卯之吉がヒョイと顔を出した。

「いいえ、ちゃんとお怪我もしていますよ」

ちゃんと怪我しているという言い方はおかしいだろう、と由利之丞でも感じざるをえない。源之丞は上半身を裸に剝かれて大胡座《おおあぐら》をかいている。その腕や肩や背中を、かいがいしく卯之吉が触診していた。

「酷《ひど》い打ち身ですねぇ。どこから落ちなすったのかえ？」

「峠道から谷底に落ちた。いや、落とされたのだ」

「死んでいてもおかしくないですよ」

「死ぬものか。日頃の鍛え方が違うぞ」

水谷弥五郎は源之丞が脱いだ羽織を調べている。

「鋭い太刀筋をいくつも受けておるな。分厚い刺子《さしこ》でなかったら、身体を斬られていたに相違ない」

柔道や剣道などの稽古着に使われる生地を刺子という。滅多なことでは切り裂くことができないので怪我の防止になった。

卯之吉はいたく興味をそそられた様子だ。首を伸ばして、刺子の上着につけられた裂け目を見た。

「源さんはいつもこんな羽織を着ているんですかね？」

「いつ、どこで、殴り掛かられるか、刀を抜かれるか、わからんからな」

「それは源さんが余計なことを言ったりやったりして、他人様《ひとさま》を怒らせるからでしょうよ」

源之丞は（お前ぇさんにだけは言われたくねぇぜ）と腹の中で思った。卯之吉は相手が老中だろうと大奥のお年寄だろうと、平気で立腹させる男だ。

「それで、どんな悪党とやりあったんですかね」

卯之吉が訊く。

「荷を奪われた」

源之丞は梅本家の領地で起こった事件について、あらましを語った。

卯之吉はフンフンと鼻を鳴らしながら聞いている。

「どこから運ばれてきた荷なのですかね」

「長崎だと言ってやがったが、奪い取ってでも隠さなくちゃならなかった荷だ。長崎の役人の荷検めを受けているとは思えねぇな」

「抜け荷だったのでしょうねぇ」

卯之吉も同じ意見のようだ。

「抜け荷の唐物は高く売れますからねぇ。人間、大金がからむと正気を失うことがありますから」

役者の由利之丞が呆れた。

「江戸でいちばん大金に絡みつかれている若旦那がそう言うのかい」

「あははは。そうですねぇ。あたしは生まれつき正気じゃないのかもしれませんねぇ」

ちょっとぐらいは自覚があるようだ。「ともあれ」と卯之吉は続ける。

「抜け荷は早く見つけ出さないといけませんねぇ。ええ。一刻も早く見つけ出さないといけません！」

卯之吉は立ち上がると足早に座敷を出て言った。

「おや？　若旦那が珍しくやる気を出してるよ」

由利之丞は水谷弥五郎と顔を見合わせた。水谷も首を傾げる。

「捕り物に精を出すとは、珍しいこともあったものだな」

今の世は天変地異《てんぺんちい》の連続だ。由利之丞は窓の外に目を向けた。

「明日は浅間山《あさまやま》が噴火でもするのかなぁ」

＊

江戸時代、日本の国土は多くの大名家によって分割統治されていたけれども、広域犯罪の情報は共有されていた。

梅本家は領内で発生した事件を近隣諸国に通報し、領地を越えて逃亡した咎人《とがにん》を捕縛《ほばく》してくれるよう依頼した。当然に幕府にも早馬をもって届けが出された。

老中、甘利備前守も報告書を受け取って読んだ。

「江戸の府内に、抜け荷の品が入り込んだと申すかッ——否、それは今更ながらではあるが……」

甘利の奥方や娘の姫も甘い砂糖菓子は大好きだ。

「……されど、これまでの抜け荷とはわけが違うと思われるぞ！」

南町奉行所の内与力、沢田彦太郎はサッと拝跪《はいき》する。

「いかにも、ご賢察の通りかと愚考仕りまする。抜け荷の中身が砂糖や、ありきたりの医薬品であれば、人を殺してまで奪い返す必要はなかったはず」

「うむ。よほどの大事が秘されていたのに違いない。新潟港の大問屋の但馬屋を引っ捕らえ、厳しく問い質すがよい！」

「あいや、それは叶いませぬ」

沢田彦太郎はサッと手を広げて甘利の言葉を遮った。

「但馬屋は、荷を奪われ困っている側だと訴えておりまする。荷の中身はまっとうな商品であると申しておるのでございます」

「そこを厳しく問い質し、真相を顕《あきら》かにするのが町奉行所の務めであろうが」

「新潟港は大公儀の直轄地。大身旗本の新潟奉行様が采配を振るっておわします
る。但馬屋は新潟奉行様とご昵懇《じっこん》の間柄とか」

「……ああ、そうであったな。新潟港は名目上は上様の直轄地。迂闊に探りを入
れたならば上様のご面目に傷がつく」

「上様の政《まつりごと》に手抜かりがあったという話になりかねませぬ」

急に甘利は気の弱そうな顔つきとなった。

「ううっ」

「いかがなさいましたか」

「急に腹が痛んできおった……大事ない。いつものことじゃ。ともあれ！」

甘利は背筋を伸ばして座り直した。ここが正念場だ、という自覚はあった。

「奪われた荷を見つけ出すのじゃ。梅本家の者が荷箱の現物を見ておろう。箱に
も特徴があるはずじゃ」

「すでに聞き取っておりまするが……」

「おっ。さすがは沢田じゃ。ぬかりがない」

「お褒めの言葉はありがたく頂戴いたしまするが、そのぅ、梅本家の御家中が申

すには『どこといって特徴もない、ただの木の箱だった』とのことで、ただの木の箱など、連日、何万と江戸に運び込まれてまいりますれば――」

「ええい！　弱音など聞きとうないわッ。疑わしき箱が何万あろうとも見つけ出すのじゃッ」

無理が通れば道理が引っ込む。沢田彦太郎は慌てて平伏した。

＊

南町奉行所の同心詰所では、同心たちが無茶な命令に困惑している。

「江戸中にある木箱の蓋を、ひとつ残らず開けさせて中身を検めるんですか？」

同心の尾上伸平が目を見開き、さらには視点を泳がせた。

新米同心の粽三郎も一丁前《いっちょうまえ》の顔つきで思案している。

「商人はもちろん、馬借《ばしゃく》や船頭たちにもえらい迷惑。それにですよ。江戸中の木箱を一時に開けるとなると釘抜きだって足りませんよ」

「馬鹿野郎ッ」

怒鳴りつけたのは筆頭同心の村田銕三郎だ。

「やらない理由ばかり探してるんじゃねぇ！　ごちゃごちゃ抜かしていねぇでや

るんだッ。やってみたらなんてこともねぇ、最初の一箱目が当たりだった、ってこともあるだろうが！」

尾上は納得しない。

「ですが、何が入っていたら〝当たり〟なんですか？」

「そうですよ。何を探せばいいのかもわからないのに、闇雲に〝探せ〟って言われても」

「見つけだすのは唐物だ！　砂糖や薬種なんてぇありきたりの抜け荷じゃねぇ。一目見た刹那《せつな》に冷や汗が出るような代物だ」

具体的には何なのかさっぱりわからない。大きさも重さもわからない。村田鋕三郎だってわかっていないのだから仕方がない。

村田は詰め所を出ていった。粽は首を竦《すく》めて尾上を見た。

「とんでもない一日になりそうですねぇ」

「一日で済めばみっけもんだよ。一件落着するまで何日かかるかわからねぇぞ」

尾上もウンザリという顔つきだ。

二

南町奉行所の同心たちは中山道《なかせんどう》の板橋宿《いたばししゅく》に駆けつけた。

「越後国から抜け荷が運ばれてくるのなら、この道を通るはずだぜ」

筆頭同心の村田銕三郎が睨みを利かせる。その背後では尾上と粽が、いい加減ウンザリだ、という顔をしていた。

「尾上さん、もう三十台も荷車を検めましたよ。いつまでこんなことを続けるんですか」

「俺に訊くなよ。おい、そこの荷車。停まってくれ」

ほっかむりをした中年男が荷車に木箱を載せて引いてきた。

「な、何事ですか。オラは巣鴨《すがも》村の百姓でございます」

「南町奉行所の荷検めだ。箱を開けろ」

尾上に命じられて農民は箱を開けた。粽が覗き込む。

「キノコですよ尾上さん」

尾上は十手を江戸に向けて振った。

「行っていいぞ」

「三十一回目の空振りですねぇ。巣鴨の百姓。中身はキノコ、と」

粽は調べ書きの帳面に書き留めている。几帳面だ。

徒労とも思える荷検めを続けているうちに、謎めいた行列が通りかかった。

高貴な乗物が二丁、列を作っている。その前後は警固の者たちが従っていた。

「見ろよ粽。行列の後ろに荷車が従っている。木箱を載せているぞ」

大きな荷車の三台に木箱がいくつも積まれてあった。

「ちょうど二十三箱ほどありそうだ。梅本領で強奪された荷と同じ数だぞ」

しかし粽は顔をしかめる。

「気位《きぐらい》の高そうなお行列ですよ？　面倒な話になりそうだなぁ」

乗物は黒漆塗りで屋根は二重の構造になっている。官位を持つ貴人だけが許される格式だ。お供の人数も二十人以上いた。

公家に仕える武士を青侍《あおざむらい》という。笠を目深にかぶって顔を隠している。皆、無言だ。

村田銕三郎は相手が誰でも臆さない。行列に歩み寄った。

「南町奉行所の出役《しゅつやく》にございます。役儀によってお行列を検めさせていただきまする！」

行列を先導していた男が甲高い声で怒鳴り返した。

「無礼でおじゃるぞ！　こちらは栗ヶ小路中納言様のお行列じゃ。京の帝より預かりし御幣を、上野国《こうずけのくに》の一ノ宮に納めに参られた帰り道。無礼をいたすな！」

尾上と粽はその場に平伏しそうになっているが、村田はまったくへこたれない。

「我ら、将軍家より命じられた役儀にござる！　御面体《ごめんてい》を検めさせていただきたく願い奉りまする！」

すると乗物の扉が横に滑って開けられた。白粉を塗って置き眉をした顔が現われた。

「麿が栗ヶ小路中納言じゃ。そのほうどもも大儀《たいぎ》でおじゃることよ。町奉行所は老中甘利の支配であったな。そのほうどもの働きぶり、甘利にとっくりと伝えようぞ」

厭味《いやみ》な口調だ。『無礼があったことを上司に伝えてやるから覚悟しろ』と言っているように聞こえた。

いかにも京の人間らしい物腰である。装束も本物の狩衣《かりぎぬ》だ。疑いようもない貴族の姿であった。

「荷車の中身はなんでございましょうか」

「上野国の民人《たみびと》が朝廷に捧げた品々じゃ。まさかそのほう、朝廷への献物《けんもつ》を検めるつもりではおじゃるまいな!」

さすがの村田も朝廷では相手が悪い。低頭して引き下がった。

「お騒がせいたしました。お通りください」

乗物の扉がパタリと閉められた。行列はゆっくりと進んでいく。木箱を積んだ荷車が同心たちの前を通過する。江戸の市中に向かって進んでいった。

尾上と粽はホッと安堵《あんど》の顔つきで見送る。村田は目を怒らせていたが、どうすることもできなかった。


栗ヶ小路中納言の行列は但馬屋の寮に入った。寮とは金持ちの別宅のことだ。江戸の街中は火事が多いので、郊外の寮に蔵を建てる商人が大勢いた。

その蔵の前で但馬屋善左衛門が笑みを浮かべて待っていた。

荷車が到着する。但馬屋は歩み寄って蓋を開けた。中身は抜け荷の珍宝の数々だ。

お供の青侍が笠を脱ぐ。荷車を引いてきた者たちはほっかむりを外した。異国人の髪型が露出した。

栗ヶ小路中納言が乗物を降りてやってくる。但馬屋は恭《うやうや》しく頭を下げた。

「中納言様のお力で、無事に荷を江戸に運び込むことが叶いました。江戸で売り捌《さば》けば、高隅様とお約束の五万両もすぐに揃いましょう。これはほんのお礼でございます。どうぞお納めください」

店の番頭が三方《さんぼう》を掲げてやってくる。二十五両の包み金が六つ、積み重ねてあった。栗ヶ小路中納言は扇子を広げて顔を隠す。金は汚らわしい物だ、という建前があったからだ。

栗ヶ小路家の家来が受け取った。中納言は横目で見ている。

「麿の手を煩わせるとは不届きでおじゃるぞ。いったい何を運ばせたのでおじゃるか」

「こちらの品でございます」

但馬屋は箱の中から新式鉄砲を取り上げた。

「入り鉄砲に出女《でおんな》と申しまして、江戸に鉄砲を運び入れるのは難事《なんじ》にございます。ですがこれにて、将軍家打倒の秘策が一挙に進みましてございまする」

「面白ぅなってきたでおじゃるな！」

但馬屋と栗ヶ小路は声を揃えて高笑いした。

＊

その日も卯之吉は登城していたが、御用取次役としての仕事はない。いつものように蘭書訳局で洋書を読んだり、英語辞典の写筆に手をつけたりなどしていた。

もう誰もが慣れっこになっていて、そこに将軍の側近がいることを意識していない。卯之吉は何かに熱中させておけば無害なのだ。

和解御用の土屋総右衛門が入ってきた。

「ああ、これは大事になるかもしれん。どうしたものか」

なにやら気を揉んでいる様子である。翻訳係の蘭学者たちは「何事か」と顔を上げる。土屋が座ると、その周りに集まった。一人が問うた。

「何事が出来《しゅつたい》いたしましたのか」

土屋は渋い顔つきで答えた。

「抜け荷に対する大がかりなお取り調べが始まるようじゃ。甘利様が直々のお指図をなさるがゆえ、間違いはなかろう」

「なんと！」

蘭学者たちの顔色も一斉に変わる。口々に思いを吐露し始めた。

「確かに唐物は抜け荷の品。抜け荷が御法度だとは重々承知。されど抜け荷の唐物がなくば我らの学問は進みませぬ！　日本が異国の進んだ学問から取り残されることとなりましょうぞ！」

土屋も大きく頷いた。

「わしが懸念するのも、まさにそのこと。問題の荷に何が入っていたのかは知らぬが、きっと我らを瞠目《どうもく》せしめるような珍品だったに相違ない。それらがお上に取り上げられては……」

「町奉行所の役人ごときでは、唐物の価値がわからぬ！　焼き捨てられてしまいましょうぞ！」

町奉行所の役人でもある卯之吉がすぐ近くで聞いているとは思わない。当たり前だ。

土屋は悲観しきっている。

「我らでは手の打ちようもない。唐物の珍品がこの世から失われるのを、黙って見ているしかないのだ……」

若い蘭学者が提案する。

「押収《おうしゅう》された荷を我らが買い上げる、と、甘利様に申しあげてはいかがかと」

年嵩の蘭学者が即座に否定する。

「そのような口出しをしたら、我らも抜け荷の一味同心《いちみどうしん》だと疑われるぞ」

「第一、我らにそんな大金の持ち合わせはない！　唐物の値付けは天井知らずだ」

蘭学者たちはいつまでも口論を続けている。だが妙案など出るはずもないのだ。

卯之吉はフラリと立ち上がると、挨拶もなく部屋から出ていった。

＊

江戸城本丸の中奥御殿。将軍は今日も生真面目に政務を執っている。

様々な役所から上がってきた報告書に目を通し、納得したなら〝黒印〟を押す。

黒い印鑑は行政命令書だけに押されるものだ。黒印が押されたならば、将軍の裁可が下ったとされて、その政策が施行される。

一枚の書類が裁可されると、すかさず小姓が次の書類を机に置いた。将軍は一読すると小姓に戻した。

「この件は八巻の許に送れ。差し戻しじゃ」

将軍からの再考の促しだ。表向きには御用取次役が差し戻す、ということになっているのだが、実際にはこのようにして将軍が目を通しているのであった。

将軍が熱心に政務をしていたところへ老中の甘利備前守がやってきた。甘利は入室して平伏した。

将軍は鋭い眼光を向けた。

「島津が二十万両もの金を集めておる件はどうなった？　琉球にはメリケン国の軍船の四隻が留まっておる。かような非常時に島津の動きは不審でならぬぞ」

「ごもっともなる仰せ」

「そんな大金をいったい何に使うつもりだったのか。甘利よ、島津の魂胆は摑めたのか」

「薩摩への入国を命じてあった公儀隠密を、急ぎ呼び戻しておるところにございまする」

公儀隠密とは忍者のことに他ならない。

甘利は続ける。

「隠密が戻りましたならば、薩摩の企ても顕かとなりましょう」

将軍は開け放たれた障子の向こうを見た。庭を見ているのではない。西の彼方に思いを馳《は》せていたのだ。

「隠密たちが無事に戻れればよいがのぅ」

三

夕刻——。銀八は江戸の街中を一人で歩いていた。

通りには大勢の人々が行き来していた。商家の御用聞きや、荷を運ぶ者たちだ。

大店《おおだな》では女中も大勢働いている。お使いに出された娘が風呂敷を抱えて歩んでいった。

ちなみに江戸時代において〝女中〟は〝女〟の敬称だ。

まもなく夜になるのだが、夕焼けの明るさを頼りに働き続ける。

つまりそれだけ仕事量が多い、ということだ。江戸じゅうが好景気に沸いていた。

（長雨が降っていた頃のお江戸は、まるで墓場みてぇに静まりけぇっていたんでげすけどねぇ）

たったの半年で別の町のようになっている。

（まあ、景気が良くなるってのは良いことでげすよ。幇間たちのお座敷も増えるに違ぇねぇでげす）

などと考えかけて、ゲンナリとする。

（江戸中の遊里が大賑わいってぇこの時に、どうしてあっしは、御庭番なんてぇお役を仰せつかってるんでげしょうねぇ……）

芸の間合いが悪いと評判の銀八だが、人生の間合いまで悪い。自分でも嫌になってくる。

トボトボと歩いているうちに、荒海一家の前に到着した。

荒海一家は武闘派のヤクザ者たちで、裏では賭場も開帳していた。表向きの商売は口入れ屋だ。武家屋敷に奉公人を斡旋《あっせん》することで稼いでいる。つまりは人材派遣業であった。

奉公を求める中間《ちゅうげん》や女中が集まってきていた。みんな仕事を求めている。これも好景気の為せる業だ。一家の若い者たちが行灯を出して応対した。

「御免下さいましよ。親分さんはおいでですかね」

銀八はスルリと店に入った。若い者たちも銀八の顔を見知っている。

「銀八の兄貴、ようこそお渡りを」

銀八は卯之吉の小者《こもの》ということになっている。江戸一番の辣腕同心の付き人なのだ。銀八もたいそうな大人物だと誤解されがちであった。

店の中には水谷弥五郎もいた。銀八は声を掛ける。

「水谷様もお仕事をお探しに来たんでげすか」

「こっちは一仕事終えたところだ。給金を受け取りにきた」

銭が入っているのであろう、膨らんだ懐を撫《な》でた。

「懐があったかそうでなによりでげす」

「そうでもないぞ。景気が良くなって盗っ人が少なくなったせいでな、用心棒の給金は下がる一方なのだ」

不景気の時には失業者が強盗や追剝《おいはぎ》に身を落とす。用心棒は引っ張りだこだ。逆に、世間の仕事が増えれば、犯罪者の数は減る。すると用心棒の仕事が減る。

水谷弥五郎は心底から困った顔つきだ。

「近ごろ八巻殿はどうしておるのだ。なんぞお役に立てることはないかな」

そんな情けないことを言った。

荒海一家の若い者が銀八を呼びに来た。下へも置かぬ扱いで奥の座敷へと通される。水谷弥五郎もついてきた。

「三右衛門《さんえもん》は不機嫌だぞ。ひとりで会わぬほうが良い」

などと銀八の耳元で囁《ささや》いた。

荒海ノ三右衛門は長火鉢の向こうで腕など組んで、大きな煙管《キセル》を苛立たしげに燻《くゆ》らせていた。

（なるほど、ご機嫌ななめでげすな）

ともあれ銀八は幇間だ。職業ゆえの図々しさと軽々しさで挨拶する。

「ご一瞥《いちべつ》以来のご無沙汰でげす。御存知、銀八でございますよ。表店《おもてだな》はたいそうな賑わいでげすなぁ。商売繁昌《はんじょう》、羨ましいでげす」

三右衛門はギリギリと煙管の吸い口を嚙んでいる。

「くだらねぇ軽口はよしやがれッ」

ピシャリと怒鳴りつけられた。銀八は座ったままその場でピョンと跳ねてしまった。

水谷弥五郎が耳元で囁く。

「見ろ。機嫌が悪いと忠告したではないか」

三右衛門はギロリと銀八を睨みつける。

「八巻の旦那は、いってぇどこに行ったんでぃ！　南町奉行所にもいなさらねぇ、三国屋に行ってもお姿がねぇ！　オイラぁ旦那に、もう五日もお目にかかっちゃいねぇんだぞ！」

銀八は「お？　おう……」と頷きながら聞いている。

（まるで、恋する娘が愛しい男に会えねぇ、ってんで、癇癪《かんしゃく》起こしているみてぇでげす）

ともあれ宥《なだ》めなければ。八つ当たりでこっちが殴られてしまいそうだ。

「お、落ち着いてくだせぇ。旦那はただいま面倒なお役を頂戴して、おおわらわになっているんでげすよ。けっして親分さんのことを蔑《ないがし》ろにしてるわけじゃねぇんでげす」

「面倒なお役だと？　なんでぇそれは」

「詳しいことは誰にも言ちゃならねぇってぇ決め事なんでげすが、ご老中の甘利様から拝命したお役なんでげす」

「甘利かッ！　あのクソ老中め、オイラの旦那をこき使いやがって！　わかったッ、こっちから乗り込んで話をつけてやるッ」
「乗り込む？　どちらへ」

「甘利の屋敷に決まってるだろうがッ」

「いや、それはやめたほうがいいでげす」

三右衛門は、大名屋敷にも奉公人を紹介する。今どきの武家はいずこも財政が困窮している。奉公人の給金が未払いになることも多い。そんな時、大名屋敷に乗り込んで武士を相手に支払いを掛け合うのが口入れ屋だ。三右衛門のような怖いもの知らずの命知らずにしかできぬ仕事であった。

だから本気で甘利の屋敷に乗り込むかもわからない。銀八は急いで話題を変えた。

「若旦那から親分さんへ、お指図があるんでげすよ」

「なんだとッ」

三右衛門が長火鉢を押し退けて身を乗り出してくる。片膝立ちの姿でグイッと迫る。

「それを先に言えッ、さっさと言えッ」

「半左さんっていう船大工の卵がいなさるんでげすがね、常陸の浜のうつろ舟を見に行かれたんでげすよ」
「うつろ舟だぁ？　そんな噂は確かに聞いたが。てっきり与太話《よたばなし》だと思ってい
たぜ」
「それが、とっても大事な話らしいんでげす。ウチの若旦那もうつろ舟を見に行
きたいんでげすが、お役目でお江戸を離れられない」
「ふむ」
「そこで荒海の親分さんを見込んでのお頼みでげす。半左さんと一緒に、うつろ
舟を調べてきちゃあもらえねぇか。こんな大事を託せるのは親分さんしかいね
ぇ、ってんですが……」
「おう！」
三右衛門は両手の拳を握って立ち上がった。
「旦那があっしを漢《おとこ》と見込んでのお頼みかいッ。銀八！　旦那にはこの三右衛門
が『命に換えてもお指図を果たしやす』と伝えてやっておくんない！　寅三《とらぞう》ッ、
野郎どもッ、常陸に走るぞッ、ついてきやがれッ」
「ええっ、今から出立するんでげすか？」
銀八は驚いている。子分衆も驚いたであろうが、どんな時でも臨戦態勢なのが

ヤクザの一家だ。提灯に火を入れ、鉢巻きをし、六尺棒を携えて表道に勢ぞろいした。

水谷も呆れている。

「三右衛門のヤツ、あんな性分で、よくあの歳まで生きてこられたもんだなぁ」

二人の見守る中、一家は東へ走り去った。

銀八と水谷弥五郎は暗い夜道を歩いていく。

たまに武士の一団とすれ違った。皆、脚を急がせていた。

水谷弥五郎が首を傾げる。

「なんだか物々しいな。武士が夜中に出歩くとは珍しいぞ」

「へい……」

琉球にメリケン船団が集まっている。幕府が警戒態勢に入ったのだ。番方《ばんかた》に召集がかけられた、という話も伝わってきた。

幕府の武士は、おおきく〝役方《やくかた》〟と〝番方〟に分けられている。

役方の仕事は事務である。いわゆる役人だ。

番方の武士は軍人であった。召集がかけられるのは戦争時のみに限られる。普段は門番や関所の番などを務めていた。見張るという意味での〝番をする〟という言葉は江戸の番方からきている。

将軍がご下命を発するたびに卯之吉の手許を御教書《みぎょうしょ》が通過する。御教書とは命令を伝える文書のことだ。自然と銀八の目と耳にも幕府の動向が知れてしまう。

とはいえ口外は禁じられている。銀八はお喋りな男だが、そこはぐっと堪《こら》えた。

ますます夜は更けていく。月明かりもない。常夜灯だけを頼りに歩いていく。

「お前はどこに帰るのだ。八丁堀の役宅とは方角が違うぞ」

「へい。若旦那の所に帰るんでげす。若旦那は、あっしがついていないと寝間着も着れねぇんでげすから」

水谷は不審そうに顔をしかめた。

「そもそも、八巻殿はどこに雲隠れしておるのだ。三右衛門でなくとも気になるところだぞ」

「へい。信じちゃもらえねえでしょうけど、千代田のお城にお勤めなんでげす」

千代田のお城とは江戸城のことだ。水谷弥五郎も愕然《がくぜん》としている。

「八巻殿は、とことんまでおかしな男だなぁ」

「巻き込まれるあっしはたまったもんじゃねぇでげすよ」

「……ということは、お前もこれから千代田城に向かうのか。幇間が城門を通してもらえるわけがなかろうに」

「幇間なら無理でげしょうけど、あっしは今、御庭番の銀八郎《ぎんぱちろう》ってぇお名前を頂戴しているんでげすよ」

「御庭番。お前が」

「本当に庭の掃除をさせられているだけでげす」

などと言いながら歩いていた時である。水谷弥五郎は「ムッ……！」と唸って足を止めた。

「どうしたんでげすか」

「わからんのか。血の臭いがする」

銀八は「へっ」と間抜けな声を漏らして道の先に目を向けた。世直《よなお》し衆の騒動で焼かれた町の跡地だ。人の気配はない。

水谷弥五郎は油断のない足どりで焼け跡に踏み込んでいく。銀八は気が気でない。

「剣呑でげすよ！　どうしてわざわざ危ない所へ踏み込んでいくんでげすか！」

水谷は顔を前に向けたまま、手だけ後ろに伸ばして手招きをした。

「銀八、怪我人がおるぞ」

「もう！　これ以上の揉め事に巻き込まれるのは御免でげすよ」

とはいえ放ってはおけない。歩み寄って水谷を楯《たて》にする。水谷の腰の後ろから顔だけ出して覗き込んだ。

武士がへたり込んでいる。抜いた刀を逆手に持っていた。息を喘《あえ》がせている。

銀八も卯之吉に従って働いているうちに、怪我人の見立てぐらいはできるようになった。

(たくさん血を失ってるでげす。長いことはないでげすな)

そう感じ取った。

水谷は声をかける。

「そこもと、いずこの御家中か。ご姓名は。いったい何者と斬りあったのか」

すると武士は咳き込みながら答えた。肺や気管に血が流れ込んでいる。

「浪人風情に答える謂《いわ》れはない……。立ち去れ……。ここにいてはお前たちのためにならぬぞ」

「まあ、たしかに拙者は、根無し草の浪人だが……」

後ろの銀八の両肩を摑んでグイッと前に押し出す。

「ちょ、ちょっと」

と慌てる銀八を無視して続ける。

「この者は公儀御庭番だぞ」

すると、半死半生《はんしはんしょう》だった怪我人の目に生気が戻った。

「公儀御庭番！　まことか」

銀八は冷や汗を滲ませつつ頷く。

「へい。老中の甘利様のご下命で、御用取次役の八巻様の手先になっているでげす」

「御用取次役の八巻様……近ごろお取り立ての御方だな……」

武士は懐から包みを取り出した。銀八に差し出す。

「この密書を……甘利様でも八巻様でもどちらでもいい……届けてくれ。事は危急を要す……」

「あっ、お侍様！」

銀八が受け取るより前に腕が地面に落ちた。謎の武士は絶命した。

銀八が密書を拾う。厳重に油紙でくるまれてあった。

「ど、どうしましょうコレ。水谷様が寄り道をしたせいで、とんでもねぇ話に巻き込まれちまったでげすよ！」

いきなりドンッと手荒に突き倒された。転がりながら銀八は謝罪する。

「水谷様のせいだ、なんて言ったのは悪かったでげす！　乱暴はよしておくんなせぇ」

水谷は殺気だった顔で刀を抜いた。まさかそこまで立腹したのか。銀八は悲鳴をあげた。

水谷は空中で刀を二度、振るった。キン、キンッと音がして何かが弾き飛ばされた。その何かが銀八の目の前の地面に刺さる。十字手裏剣であった。

「銀八ッ、曲者だッ。この男を斬った相手に相違ない！　来るぞッ」

銀八を突き転がしたのは手裏剣から逃がすためだった。

闇の中から真っ黒な影が跳躍してくる。それも三人。揃って黒覆面を着けていた。

「キエーッ！」

気合一閃《いっせん》、水谷めがけて斬りつけてきた。

水谷は待ち構えることをしない。素早く踏み込んで相手の剣の間合いに飛び込んだ。

「どぉりゃあ！」

刀を握ったまま、拳を曲者に叩きつける。刀には鉄の鍔《つば》がついている。そんな物で殴られてはたまらない。

「ゲボォッ……！」

殴られた顎の骨が砕ける。折れた前歯が飛び散った。曲者は真後ろにもんどりを打って転がった。

続けて第二、第三の曲者が攻め寄せてくる。水谷は素早く足を踏み替えて二人目の斬撃をかわし、三人目の斬撃を刀でガッチリと受けた。刃と刃が激突し、黄色い火花が跳び、金属音が耳をつんざいた。

そのまま鍔迫《つばぜ》り合《あ》いになる。ゴリゴリと刃を削りながらの押し合い、力比べだ。

「ええいッ」

水谷は自分の踵《かかと》を相手の脛に絡めて蹴り払う。そのまま力押しで相手を見事に押し転がした。

敵は地べたをゴロゴロと転がって逃げる。水谷は斬りつけたが、見事にかわされた。

「その珍妙な動き、武士ではないなッ。さては忍びかッ」

返事の代わりに第二の曲者が鎖分銅《くさりふんどう》を投げつけてくる。水谷の刀に巻きついた。水谷の刀の動きを封じようというのだ。

水谷は握った刀をパッと放した。刀が宙に跳んで、引っ張っていた第二の曲者は尻餅をつく。水谷はすかさず脇差を抜いて斬りつけた。第二の忍びは肩を深々と斬られた。

もはや曲者たちと水谷との力量差は明らかだ。

「ムゲェッ！」

第一の曲者が叫んだ。砕けた顎のせいで言語が不明瞭だが「退《ひ》けッ」と言ったように聞こえた。

第一と第三の曲者が一目散に逃げていく。

水谷は第二の曲者を取り押さえようとした。

「銀八、血止めだ！　深くは斬っておらぬッ。生け捕りにできるぞ！」

ところが、第二の曲者は自分の刀を喉に当てた。自らの力で首を掻き切った。

「なんてことをするんでげすかッ」

銀八は曲者の手から刀を奪ったが、もう遅い。水谷は歯ぎしりをする。

「自害したかッ。ならばあっちを捕まえてやるッ。逃がさぬぞッ」

逃げた曲者を追って走り出した。闇の中へと姿を消した。

「ちょ、ちょっと！　この骸《むくろ》のふたつは、どうするんでげすかッ」

密書の武士と曲者の死体が転がっている。水谷の返事はない。すでに遠くまで走り去った後だ。

「番屋に届けねぇと……。いいや、ここは武家地でげすから、町奉行所の御支配地じゃねぇでげす。するってぇと、どこに届ければいいんでげすか！」

などと言っていたところへ武士の集団が駆けつけてきた。

「こっちで騒ぎだぞ！　人の叫び声が聞こえたッ」

口々に喚《わめ》いている。騒動を聞きつけて駆けつけてきたに違いない。

銀八はホッと一安心だ。

「ああ良かった。あちらのお侍様方にお任せすればいいでげすな。心強いでげす」

などと胸を撫で下ろしたのだが……。

「いたぞッ」

龕灯《がんどう》の明かりを向けられて、あっという間に取り囲まれた。

武士の数は十人ばかり。皆、刀の柄に手をかけている。即座に抜き放とうかという形相だ。江戸の番方には召集がかけられている。すなわち戦時態勢なのだ。当然に殺気立っていた。

「骸がふたつも転がっておるぞッ。貴様が斬ったのかッ」

「お心得違いにございます！　あっしは――」

と言いかけた時、銀八は自分が、血のついた刀を握っていることに気づいた。曲者の自害を止めようとした時に奪い取ったのだ。

刀の先からポタポタと鮮血が滴っている。

（こっ、このままじゃあ、あっしが下手人にされちまうでげすッ）

武士たちが刀を抜いた。切っ先を突きつけてきた。江戸市中での抜刀は法度で禁じられていたが、戦時であれば問題はない。

番方の者たちは、今こそが働き場だぞ、とばかりにいきり立っている。お縄に掛けられるまでもなくこの場で斬って捨てられてしまいそうだった。

「待っておくんなせぇ！　あっしは怪しい者《もん》じゃぁございません」

「人の二人も斬り殺して『怪しい者ではない』などという言い分が通ると思うかッ。名を名乗れッ」

「あっしは……」

銀八はどうにかしてこの場を切り抜けて生き残る方法はないかと必死に思案した。そして言った。

「あっしは公儀御庭番でございやす！　名は銀八——銀八郎。ご老中の甘利様のお指図で、御用取次役の八巻様にお仕えしておりやすでげす！」

侍たちの顔つきが変わった。

「甘利様の御支配を受ける御庭番？」

「へい。大《で》ぇ事《じ》な密書をお届けしなくちゃならねぇところなんで！　どうかお見逃しを！」

武士たちは小声で相談を始めた。

「まずは甘利様のお屋敷に問い合わせをせねば……」

「この覆面の男は、公儀隠密殿を狙った刺客か」

「我らだけでは手に余る。目付《めつけ》役所に報せよ」

などと相談がまとまった。番方の組頭らしき男が銀八に向かって低頭した。

「役儀の定めにより目付役所にお連れせねばならぬ。ご同行を願いたい。お刀はお預かりいたす」

血のついた刀を渡すようにと言う。銀八はそんな物など一瞬たりとも持っていたくない。これ幸いと差し出した。

四

町人や無宿人の犯罪者は大番屋に連行されるが、武士の犯罪者は目付の役所に連行される。

目付は武士を取り締まる警察官で、大身の旗本が就任した。

銀八はだだっ広い板の間で正座している。ここが詮議の場所であるらしい。正面には目付の遠藤長門《えんどうながと》という武士が正座していた。何も言わずにギロギロと睨みつけてくる。

人を見れば下手人だと決めつけてどこまでも締め上げてくる――そういう型の男であるようだ。南町の鬼同心、村田銕三郎と目つきが似ている。銀八は生きた心地もない。

隣の土間には死体が二体置かれて、役人たちの検屍《けんし》を受けていた。

「一太刀で肩の腱を断ち切っておるぞ。なんと凄まじい腕前か。江戸でも指折りの使い手に相違ないぞ」

「わしも長年、検屍を務めておるが、こんな恐ろしい太刀筋は見たことがない」

役人たちが銀八のほうをチラリと見る。

「あの人物。とうてい幇間にしか見えぬが……」

「そこが公儀隠密の恐ろしさよ。甘利様の密命を配しておるのであれば、凄腕の忍びに相違ないぞ」

聞いている銀八は居心地が悪くてたまらない。

(片方の骸は水谷ってぇご浪人がやったことでげすよ)

訴えたいが、浪人の水谷弥五郎が下手人となれば、磔獄門《はりつけごくもん》は間違いなしだ。

(あっしなら、若旦那か甘利様が取りなしてくれるかもしれねぇでげすから)

一縷《いちる》の望みに命を賭けて待ち続ける。

遠藤長門の部下が急ぎ足で入ってきた。正座して言上する。

「ただいまご老中様のお屋敷より戻りました。甘利備前守様からのご返答をお伝えいたします。『幇間にしか見えない男であれば、御庭番の銀八郎に相違なし』とのお言葉にございました」

「なるほど。確かに幇間にしか見えぬな」

遠藤長門は頷いた。それから銀八に向かって低頭した。

「御不便をおかけした。疑いは晴れ申した」

目付といえば役高千両の大身旗本。徳川の家臣団の中でも高位に位置する男である。そんなお殿様から頭を下げられて銀八はますます動揺してしまう。

「あっ、いや、どうかお気になさいませぬよう……」

銀八は幇間であるのにあがり症だ。こんな時に気の利いた物言いもできない。ともあれ、この恐ろしい場所からは逃げ出したい。

「あ、あっしは、大事なお届けものがありやすんで、今宵はこのあたりで退散させていただきやす」

「うむ。ご随意になされよ」

「もしも深川に遊びに行かれることがございましたら、幇間の銀八をご指名くださいやし。精一杯、お座敷を勤めさせていただきやす」

銀八は腰を低くしてヘコヘコと低頭しながら詮議の座敷を後にした。

後ろから声が聞こえてくる。

「なんと見事な変装であろうことか。本物の幇間にしか見えぬ」

「公儀隠密は、探索の密命を拝したならば、道で肉親に出会おうとも挨拶もせず、変装した人物になりきる、と聞いておるぞ。まさにあれこそが歴戦の隠密の姿でござろう」

「拙者、心胆まで怖《お》じ気立《けだ》つ思いじゃ。公儀隠密とはあれほどまでに覚悟の決まった者であったのか」

なんだかとんでもない誤解をされているようだ。

（これじゃあ若旦那のことをアレコレと言えねぇでげすよ）

銀八は足を急がせて遠藤長門の屋敷を出た。


銀八はその足で甘利備前守の上屋敷に駆け込んだ。屋敷の者たちは事態を理解している。銀八を対面所にまで案内した。

豪華な床ノ間のある広間だ。灯火を反射する金箔《きんぱく》の壁が眩しい。目が眩《くら》みそうだ。

足音が近づいてきたので「へへっ」と平伏する。

すると入ってきた人物が「ふふふ」と笑った。

「銀八。あたしだよ」

「へっ、その声は。若旦那！」

卯之吉が微笑みながら座った。

「なにやら面倒事に巻き込まれたようだね。あたしまで甘利様に呼ばれたのさ。本当に手間のかかる男だよ、お前は」

いったい誰のせいで面倒事に巻き込まれていると思っているのか。

さらにズカズカと足音が近づいてきた。今度こそ甘利だ。銀八は平伏した。

甘利は床ノ間を背にして座った。一緒に入ってきた近習が斜め後ろに控えて座る。さすがは老中、どこへ行くにも家来を従えている。

「話は目付の遠藤長門より聞いた。そなたが死に際に立ち会った者は、公儀隠密で間違いない」

銀八は驚く。

「あっちが本物の公儀隠密？」

「そうだ。薩摩国に潜入させてあった。わしが急遽《きゅうきょ》呼び戻したのだ」

「そうしたら、殺されちまったと？」

「そのほう、密書を預かったそうだな」

「へっ、へい。そうなんでげす……」

懐を探って油紙の包みを取り出す。甘利の近習が膝行してきて取り上げて、甘利の手許まで運んだ。甘利は封を破って密書を広げた。

「二通あるな。ふむ。一通は公儀隠密の家に伝わる符丁《ふちょう》で書かれておる」

符丁とは暗号のことである。

「我らには読めぬ。隠密の組頭に訳させるといたす」

近習に渡す。近習は廊下まで行って別の近習に渡した。今から組頭の家に運ばれるのに違いない。

甘利はもう一通の密書を広げた。

「さて、こちらにはなんと書いてある？」

そして「むむっ」と唸った。卯之吉に差し出す。

「そのほう、読めるか」

受け取った卯之吉は灯《とも》しの明かりに書面を晒した。

「……これは厄介だ。エゲレス語ですね」

「エゲレス語であるならば蘭書訳局の手にも余る。そのほうが和解しろ」

「えっ？　あたしがですか？」

「エゲレス語にはそのほうがいちばん通じておる、と、訳局の者たちが申しておったぞ」

「いつの間に、そんな評判になってるんですかねぇ」

銀八に言わせれば、御用取次役の仕事がない時には、ずーっとエゲレス語の辞書に取り組んでいるのだから、それは評判が立つに決まっている、のである。卯之吉に自覚がないだけだ。

卯之吉は書面を熱心に読んでいる。

「……うん！　これは面白そうだ。やりましょう」

甘利はいつもの心配性を露骨に出している。

「面白がられては困る！　我が国の浮沈がかかっておるかも知れぬのだぞ！」

「あいあい」

卯之吉は書面に夢中だ。忠告を聞いている様子もない。

五

半左を乗せた川船は快速で進んでいく。大きく広げた白い帆いっぱいに風をはらんでいた。

北には筑波山《つくばさん》が見える。常陸国から下総国にかけてはかつて〝香取海《かとりのうみ》〟と呼ばれる内海であった。北関東の木枯らしは強い。暴風である。帆掛け船にとってはこの上もない好条件だ。

半左は感心しきりである。一刻前（約二時間前）には前方に見えていた低山が、今では後ろに見えている。街道を歩いていたのでは何日もかかる旅程なのに、たったの一日半で霞ヶ浦《かすみがうら》を横断し、対岸にある息栖《いきす》の湊に着いてしまった。

「やっぱり船だ。これからの日本は船を造らなくちゃいけねぇ」

船ならば大勢の暮らしを支えるための品々も、一度に大量に運ぶことができる。

半左は船着場に下り立った。はらやどり浜までは徒歩であったが、足を急がせれば一日もかかるまい。

（早く黒船の実物を拝みてぇなあ）

荷を背負うといきなり駆けだした。

道と言っても畦道《あぜみち》のようなものだ。先日の野分は常陸国にも大雨を降らせた。いたる所がぬかるんでいる。

農村には〝宿《しゅく》〟と呼ばれる商店街がある。経営しているのは兼業農家の人々だ。夫が農作業をする間、妻が店番と接客をした。

一軒の飯屋に腰掛けて、半左は遅い昼飯を食べた。

「おかみさん、はらやどり浜までは、あとどのくらいだい」

農婦にしか見えないおかみが茶を持ってきたので半左は訊ねた。

おかみは怪訝そうな顔つきで聞き返してきた。

「お前ぇさん、はらやどり浜に、いってぇ何の用があるんだべぇか」

「うつろ舟が流れ着いたんだろう？」

おかみの顔つきが怪訝から警戒に変わった。じーっと無言で半左を見つめている。半左も急に居心地が悪くなってきた。

「オイラ、何か変なことを言ったか？」

「お前ぇ、どこの者《もん》だ」

きつい口調だ。

「オイラは船大工だよ。異国の船が流れ着いたって聞いたんでな、この目で確かめるために江戸から旅してきたんだ」

おかみはちょっと思案してから言った。

「……はらやどり浜への道を知ってる者がいる。呼んできてやるからここで待ってろ」

裏口から出ていった。

なんだか嫌な予感がした。半左は外の様子を窺《うかが》った。

村の男たちが畑仕事をしている。そこにおかみが駆け込んでいった。

自分の店を指差している。男たちが一斉にこちらを見た。農具の鋤や鎌を握り直すと腕まくりして走ってきた。

「まずい!」

本能的に危険を察した。自分の荷物を掴むと一目散に駆けだした。

「見ろッ、逃げたど!」

「ひっ捕らえろ!」

おかみと男たちの罵声《ばせい》が聞こえる。泥を踏む足音が追ってきた。半左は必死に走り続けた。


夕刻から雨が降りだした。初冬の氷雨《ひさめ》だ。江戸時代後半の気象は世界的に寒冷であった。凍えるように寒い。

農家の前に古い莚《むしろ》が置いてある。半左はこっそり盗み取ると、莚をかぶって雨具の代わりにした。

「宿屋にも泊まれそうにねぇぞ」

この村の人々は何かがおかしい。殺気立っている。村の外れに神社があった。せめて雨だけでもしのぎたい。半左は神社を目指した。

拝殿は古かったが屋根も壁もしっかりしている。半左は扉を開けようとして、思い止《とど》まった。村人はきっとここにも捜しに来るに違いない。半左は床下に潜り込むことにした。

床下は真の闇であった。奥に向かって進もうとしたその時。

「おい」

と、床下の奥から声を掛けられた。半左はギョッとして四《よ》つん這《ば》いの手足を止めた。

男の声が聞こえてくる。

「お前さんのその身形《みなり》、察するに旅の者だな？」

黙っているのも恐ろしい。半左は震え声で答えた。

「そうだ。江戸から来たんだ」

「村の者に追われているのか。それなら俺と同じだな」

「えっ、あんたもか。どうして追われてるんだ。……オイラも、いきなり追いかけられちまって、わけがわからねぇ」

「はらやどり浜に異人が流れ着いたのは知ってるか」

半左は警戒する。迂闊に答えては拙《まず》いことになりそうだ。

「そんな噂は、聞いてる……」

「異人の正体は、察するにご禁制のキリシタンだろ。バテレンって奴に違《ちげ》ぇねぇのさ」

バテレンとは宣教師のことである。江戸時代になっても布教のために度々日本に潜入しては、役人たちに捕らえられていた。

男は話し続ける。

「村の者たちはバテレンを追ってるんだ」

「オイラは異人でもなければ、バテレンでもないぞ」

「キリシタンの仲間がバテレンを助けるために駆けつけてくる——ってぇ噂が流れてるんだよ。それでな、余所者《よそもの》は誰彼かまわずひっ捕らえて牢にぶち込めってぇ話になってるんだ」

「牢に」

「生きて牢に入れるのならみっけものさ。鍬《くわ》で殴られ、鎌で切られたら死んじまうぞ。ああおっかねぇ。俺はそろそろ逃げ出すとするぜ。……なんか食い物を持っていねぇか。空《す》きっ腹《ぱら》で夜駆けは応《こた》えるからな」

「すまねぇ。食い物は何もないんだ」

「そうかい。しょうがねぇや。じゃあ、気をつけてな」

男は縁の下の羽目板を外して這い出ていった。名も告げなかったその男は行商人の姿であった。泥水を弾いて足音が遠ざかっていく。

半左は頭を抱えた。

「オイラ、いってぇどうすりゃいいんだ……」

第六章　源之丞裁判

一

江戸城本丸御殿の大廊下。お城坊主が静々と摺《す》り足で進んでいく。

「大目付、山根兵庫介《やまねひょうごのすけ》様～、お渡りにございまする～」

大目付の山根の先導役だ。目の前をうっかり横切る者が出ないように注意を促す。

大目付は大名たちの不行跡や犯罪を取り調べて裁きを加える役職だ。徳川家譜代の大名が就任する。大名たちにとっては一番に怖い相手である。息をひそめて通りすぎるのを待った。

山根兵庫介は五十歳ほどの年齢で、じつに気難しそうな男であった。大名相手の捜査官であるから杓子定規《しやくしじようぎ》を絵に描いたような人格で気位も高い。

お城坊主は一室の前で足を止めた。畳廊下に両膝を揃える。障子の奥の部屋に向かって声を掛けた。

「大目付様、お渡りにございまする」

部屋の中で待っていたのは卯之吉――否、御用取次役の八巻大蔵であった。裃姿がだいぶ馴染んできている。

大目付が入ってきて座った。

「そこもとが御用取次役の八巻殿か。お役目ご苦労に存ずる」

「あいあい。大目付様にはご機嫌麗《うるわ》しゅう」

大目付の山根は尊大な男だが、卯之吉は気後れする、ということがない。舐めきっているようにも見える。

山根は機嫌を損ねた様子だ。卯之吉を睨みつけていたが、卯之吉は愛想良さそうな笑みを浮かべている。

お城坊主がハラハラするほど凝視しあった後で、大目付が根負けした。

「さすがは上様の御用を取り次ぐ者だ。肝が据わっておるな。我らにとっては与《くみ》し難《がた》い相手となりそうじゃ」

「お褒めいただいていると受け止めてよろしいんですかね？」

大目付は「ふん」と鼻を鳴らした。

「さて、ここにこうして足を運んだのは他でもない。上様にお目通しを願いたき一書がある。お城坊主、これへ持て」

お城坊主が風呂敷包みを携えて入ってきて、風呂敷を広げた。中には一冊に綴じられた調べ書きが入っていた。卯之吉の手許に運ばれる。卯之吉は帳面の題字を読んだ。

「梅本領で但馬屋善左衛門さんの荷が奪われた一件についてのお調べ書きですね」

「左様。新潟港の奉行所に命じて調べを尽くした。新潟港に入るべきだった荷が奪われたのだ。新潟奉行所で調べを行うのが当然であろう」

「お骨折りでございましたね」

「この山根兵庫介が身を粉《こ》にして真相究明に当たった、と、上様にお伝え願いたいものじゃな」

「あいあい。心得ました」

「重ねて上様にお伝え願いたい。この一件、拙者の見るところ、非はすべて梅本家と源之丞にある。評定所にて審理のうえで、梅本家には改易《かいえき》を申しつけられたい」

「そのように上様にご説明申し上げて、ご内意を得ておけばよろしいのですね」

「いかにもその通りじゃ。よろしく頼んだぞ取次役殿」

大目付は話を終えると出ていった。卯之吉の手には調べ書きが残された。

卯之吉は丁《ちょう》（ページ）を捲って読み始めた。

お城坊主が入ってくる。

「八巻様、お茶をお持ちしました」

茶托《ちゃたく》の茶碗を置いた。卯之吉は返事もしない。無心に調べ書きを読んでいたからだ。

＊

南町奉行所の内与力の沢田彦太郎が、老中甘利備前守の面前で平伏している。

平身低頭のありさまだ。

老中からきついお叱りの言葉が飛んだ。

「街道奉行より報せがあった！」

街道奉行は五街道の管理と治安を担当している旗本だ。

「抜け荷の木箱は街道筋のどこにも見当たらぬ！　もはや江戸に運び込まれたと見るが必定《ひつじょう》じゃ！」

沢田彦太郎は「ハハーッ」と再び平伏した。

「い、いかにして江戸に運び込まれましたものやら、とんと合点《がてん》がゆかず……」

「合点がゆかず、ではないッ」

「まことに面目次第もございませぬ……」

「江戸中の草の根を分けても見つけ出すのじゃッ。きつく命じおくぞッ」

「かっ、必ずや、悪事を暴いてご覧に入れまする……」

初冬だというのに満面に冷や汗を滴らせる沢田の目の前を、甘利は憤然と退出していった。

＊

卯之吉は三国屋の帳場に入った。菊野が帳簿を捲りながら算盤を弾いている。すっかり両替商の仕事に馴染んでいた。

「ああ、姐さん。すまないけどねぇ、ちょっとお願いしたい仕事があるのさ」

卯之吉が声を掛ける。菊野は顔を上げた。

「なんだえ、あらたまって」

「新潟港の大問屋の但馬屋さんと、唐物商いの大野屋さんが、近いうちに密談を交わすはずなのさ」

大野屋は闇の競り市を主催している商人だ。

「但馬屋さんと大野屋さんといったら御法度の抜け荷の商談ですかね？　だけどそんな秘密の商談を深川でやるんですかえ？」

「深川では毎日、何百件もの商談が交わされるからね。木を隠すなら森の中、ってぇ謂《いい》もあるよ」

「多くの商談にまぎれさせれば密談も目立たないって寸法かねぇ。だけど……」

菊野も不思議そうに卯之吉を見つめた。

「卯之さんが血相を変えて捕り物の手伝いを頼んでくるなんて、珍しいこともあったものさね。そんなに大事な話なのかえ？」

「大事な話さ。いいかい姐さん。南町奉行所も抜け荷を取り締まろうと血眼になってる。もしも南町に先に見つかって、お縄に掛けられてしまったら大変なことになるんだ。武士のお役人様方に抜け荷を押さえられるのはまずいんだよ」

「新潟港はもちろん、江戸の商いにも障りが出ると？」

「それもあるさ」

菊野はニコリと微笑んだ。

「卯之さんとあたしで南町の沢田様や、村田様たちを出し抜こうっ、てんだね。面白い話さ」

菊野は大きく胸を張って拳でポンと叩いた。

「ようがす！　あたしたち深川芸者の腕の見せ所さ。任せておいておくんなさいよ」

「大船に乗ったつもりでいるよ、姐さん」

卯之吉はホッとした顔つきで出ていった。

＊

「……という次第じゃ。甘利様直々のご下命だぞ。抜け荷の木箱を江戸中の草の根を分けても見つけ出さねばならぬのだッ。わかったなッ」

南町奉行所の同心詰所で沢田が檄《げき》を飛ばした。同心たちが居並んでいる。

「しかと心得ましたッ」

皆を代表して尾上が答えた。沢田は「うむ」と頷くと、筆頭同心の村田銕三郎を従えて出ていった。

怖い上役の二人が遠ざかると、同心たちはたちまち本音をさらけ出した。正座を崩してため息をつき、天を仰ぐ者もいる。

粽もガックリと肩を落とした。

「今度は江戸中の木箱を検めて回れってんですか。宿場の荷検めのほうがまだマシだったよなァ」

「つらい仕事がやっと片づいたと思ったら、もっとつらい仕事がやってくる。それが町奉行所ってもんさ。嘆いていても始まらねぇさ」

尾上は江戸の大地図を床に広げると同輩の同心たちを呼び集めた。

「ともかく手筈《てはず》を調えようぜ。商家の蔵を検める組、荷置き場の荷を検める組、通りを塞いで荷車を検める組に分けよう。通りを塞ぐ場所は日本橋のたもとにしようか」

大地図の上に配置の駒を並べていく。

「この小路《こうじ》と掘割も塞いだほうがいいだろうな」

柵を示す駒を置き、同心の名が書かれた駒を配置する。

「考えただけで面倒臭くて目が回りそうだぜ」

そうは言っても同心たちは、江戸の役人の基準においては働き者の集団である。配置が決まると十手を腰帯に差しながら立ち上がった。

そんなやる気に水を注すような顔つきで、卯之吉がひょっこりと同心詰所に入ってきた。黒巻羽織《くろまきばおり》の同心姿だ。

「おや、皆さんお出かけですかえ。抜け荷の検めをなさるって聞きましたけど」

尾上が「また面倒臭いのが来たなぁ」と小声で愚痴を漏らしてから答える。

「ああ、そうだぜ。だから邪魔をすんなよ」

卯之吉は大地図に置かれた駒を眺める。

「はぁはぁ。なるほど。大がかりな取り調べになりそうですねぇ」

「そういうことだ。じゃあな」

尾上は卯之吉の働きなど最初からあてにしていない。役に立つどころか面倒を増やすだけだ。

二

但馬屋善左衛門は、人目を忍んで足早に、高隅外記の屋敷の門をくぐった。

すぐに面談を許された。日当たりの悪い北向きの座敷で対面する。但馬屋は高隅に懇願した。

「此度《こたび》の抜け荷の競り市でございまするが、しばらくのご猶予をお許しいただきたく……」

「何故《なにゆえ》じゃ」

「町奉行所の目が光っております！　唐物を押さえられたなら一大事！　ただいま大目付の山根兵庫介様が評定を意のままに操って、すべての責めを梅本家に負わせようと画策なさっておわします。評定が片づき、ほとぼりの冷めるまで、競り市は控えたく存じまする！」

「その申しようはわかる。じゃが、競り市で金をこしらえることができなければどうなる？　メリケン船に金を届けることができなくなろう。約束の期日までに小判を用意できなければトマスは日本を去る。新式鉄砲は清国かロシアに売り払われることとなろうぞ！」

「しっ、しかし……！」

「抗弁は許さぬッ。徳川家に勝利するためには、どうあっても最新の武器が必要なのじゃ！　このような好機、今後百年待っても訪れまいぞ！　なんとしても抜け荷の品を売りさばき、大金を用意するのだッ」

「ハハッ！」

気合に押された但馬屋は、ただ同意するほかなかった。

三

夕暮れが近づくと江戸の街は黒い影に覆われる。日本を訪れた外国人は日本の町の印象を『すべてが灰色』と書き残している。日本人には建物を派手な色で塗る習慣がなかったからだ。

薄闇の中で御用提灯が揺れている。町奉行所の同心が丸太で作った柵で道を塞いで、通りかかった荷車を停めては、荷の中身を検めていた。

「急いで届けなければならない品でございます。なにとぞお目《め》溢《こぼ》しを……」

荷車の持ち主の商人が同心の粽に銭を握らせた。

粽は笑顔で答える。

「そうかい。じゃあ通りな――」

「馬鹿野郎ッ」

鬼の形相の村田銕三郎がすっ飛んできて怒鳴りつけた。

「今回ばかりは目溢しはならねぇって言っただろうが！　やいっ、釘抜きを持ってこい！」

町奉行所の小者が釘抜きを渡すと、村田銕三郎は自ら木箱をこじ開けにかかった。

「ああッ、そんな乱暴な！　売り物に傷がついてしまいますッ」

遠くから一連の様子を見ていた男がいる。但馬屋善左衛門だ。首を竦《すく》めてその場を離れた。

灰色に染まった江戸の町でも、そこだけ格別に鮮やかな色彩を放っている一角があった。軒に下げられた雪洞《ぼんぼり》が眩しい。二階座敷にも灯《あかり》がともり、金銀の屏《びょう》風《ぶ》が輝いていた。

深川の門前町だ。江戸で一二を争う遊里であった。

どんちゃん騒ぎの大騒動が聞こえてくる。ひときわ賑やかな宴を張っている者がいるようだ。

一本が一両もする大蠟燭《おおろうそく》を惜しげもなく並べている。芸者たちも大勢呼んで管弦の音も賑々《にぎにぎ》しかった。

但馬屋善左衛門はその二階座敷を見上げた。

「まるで祭りのようだね。呑気なものだ」

一方の自分は憂鬱《ゆううつ》で青黒い顔をしている。料理茶屋の老舗《しにせ》〝扇屋《おうぎや》〟の暖簾を
くぐった。深川一の芸者、菊野が笑顔で迎えた。

「あら、但馬屋の大旦那様。ようこそお渡りを」

「菊野姐さんか。いつ見ても見目が良いね。新潟港もおおきな町だが、姐さんの
ような美人はいないよ」

「あら嬉しい。大野屋の旦那様がお待ちでございますよ。さぁどうぞ、二階座敷
にお上がりを」

「ところで、あれはなんだね。賑やかなもんだ」

通りで見かけた二階座敷を指差す。菊野はニッコリと微笑んだ。

「三国屋の若旦那のお座敷でございますよ」

但馬屋は「ああ」と納得した。

「あれが三国屋の放蕩息子か。江戸一番の遊び人だという評判は、新潟にまで伝
わっているよ。あれも深川の名物かね」

「良い土産話となりましょうね」

但馬屋は階段を上って二階の座敷に入る。大野屋儀左衛門がきちんと座って待

っていた。裏社会で唐物の競り市を開いている商人だ。但馬屋も着物の裾を調えながら対座した。菊野に向かって言う。

「酌はいらない。呼ぶまで座敷に近寄らないようにしておくれ」

密談だ。菊野は「いつでもお呼びくださいませ」と言って障子戸を閉めた。

菊野の気配が階段を降りるのを待ってから、但馬屋は語り始めた。

「高隅外記様は納得してくださらなかった。抜け荷の品を急いで売り捌《さば》けの一点張りだ」

「やはり、駄目でしたか」

「今日もここに来るまでに何人もお役人様の姿を見たよ。荷車を一つ一つ停めさせての荷検めだ」

「競り市を開こうにも、荷を運ぶだけで剣呑ですよ。お役人に引っかかったら一巻の終わりですからねぇ」

「しかし……。用人様は鬼のような形相だった。競りを開かなければ、口封じとしてわたしたちを殺しかねないご様子でね」

「それは恐ろしい。どうしたものでしょうなぁ」

二人で青い顔をして思案投首《しあんなげくび》していた時だった。やたらと騒々しい足音が近づいてきた。障子がパーンと開けられた。

「ややあ皆様お揃いで！　今夜も楽しくやりましょう！」

入ってくるなりその場でクルクルと舞い踊る。金糸銀糸の縫い取りの豪奢な羽織をゾロリと着けた放蕩者だ。

「だ、誰だね、あんたは！」

但馬屋が咎める。大野屋は「あっ」と気づいて但馬屋に告げた。

「三国屋の若旦那さんですよッ」

「出ていっていただきなさい！」

卯之吉はニヤッと笑った。

「近ごろ景気が良くなったせいで、あたしの店には毎日大金が流れ込んできましてね。使い切れなくて困ってるんですよ。散財の虫とでもいうんですかね、金が使いたくってしょうがない！　大野屋さん、良い唐物を仕入れちゃいませんか。抜け荷だろうがかまいやしない。なんだったら荷箱ごと買い取りますよ！」

但馬屋の怒りに火がついた。

「何を言ってるんだ。抜け荷とかなんとか、わけがわからんよ！」

大野屋は「まあまあ」と宥《なだ》めて但馬屋の耳元で囁く。

「こちらの若旦那は蘭学好きでございましてね、唐物をたくさん競り落としてくださる御方なんですよ」

「抜け荷だと承知のうえで買い取ってるのかい」

「もちろんですとも。抜け荷の品を買ったと露顕したなら、こちらの若旦那も牢屋送りです。いわば一味同心」

「それならば、まあ、安心だが……」

競り屋の大野屋は商人特有の愛想笑いで卯之吉に擦り寄っていく。

「ともあれ若旦那さん、お静まりくださいませ。お役人様の目につくといけないですから」

「深川に来て静まり返っているほうが怪しまれますよ」

それはそうかもしれない。

「と、とにかくご着席を。今、抜け荷の品を荷箱ごと買い取っても良い、とおっしゃいましたが、それは本気のお話ですかね？」

「本気ですとも。あたしの店に千両箱が山積みになっていることはご承知でしょう？　あたしに買えない品物が、果たしてこの世にあるんでしょうかね？」

卯之吉は真面目に思案し始めた——という顔つきだ。

「人の命など、お店で〝売っていない物〟は買えませんけどねぇ。売られている物なら、なんだって買い取りますよ」

「そうでしょうとも、そうでしょうとも」

大野屋は大きく頷いて、続いて但馬屋に顔を向けた。

「抜け荷の品は、こちらの若旦那さんに残らず買い取っていただくのがよろしいですよ」

卯之吉が但馬屋に顔を向ける。

「そちらが唐物の問屋さんですかえ。ええ。あたしが喜んで買い取ります。三国屋まで届けておくれなさいよ」

但馬屋はあくまでも用心深い。

「渡りに舟のお話ですがね……」

羽織の袖の中で腕を組んで思案した。

「江戸中の道と水路を町奉行所に封じられている。荷を運ぶのも容易ではないんですよ」

「それでしたらあたしに妙案がございます。銀八、地図を持ってきておくれ」

「へぇい」と答えて幇間が江戸の大地図を運んできた。座敷の畳に広げられる。

卯之吉は懐の巾着に手を突っ込んで四分銀などの貨幣を取り出すと、地図の上に置いていく。

「この道の……ここと、この町の木戸に南町のお役人様がたが待ち構えています。この掘割はここに御用舟がいる。ええと、この小路もいけませんでしたねぇ」

臨時の関所の場所をすべて諳《そら》んじている。先ほど奉行所で尾上の配置図を見ていたからだが、すべて憶えているのはなかなかの記憶力だ。

一方、但馬屋と大野屋は成り行きに首を傾げている。大野屋が訊いた。

「どうしてこのようなことを知っていなさるので?」

銀八が答える。

「こちらの若旦那と南町の八巻様とはご昵懇の間柄。八巻様から聞き出したのでございますでげす」

「ははぁ、たいしたものですなあ」

大野屋は無邪気に感心している。

卯之吉は配置図を完成させた。

「どの道を選べばお役人様に見咎められることなく通ることができるのか、わかりますでしょう」

　但馬屋もいつしか引きこまれている。

「よくわかりましたよ。今夜中にも三国屋さんまでお届けにあがりましょう」

　卯之吉はまた懐を探った。

「米手形なら一万石ぶん、ここにありますよ」

　小判に換算すればおよそ一万両になる。

「足りない分は、今ここで手形をしたためても良いですけど？」

「できれば現金で頂戴したいですな」

「それなら三国屋で払いましょう。金倉を開けて待ってます。それじゃあ、あたしはこれで」

　卯之吉は出て行こうとする。大野屋が呼び止めた。

「若旦那、地図の上のお金をお忘れですよ」

「おっといけない。でも拾うのも面倒だ。それはこちらのお座敷の女中さんへの酒手《さかて》にしてやってください」

　酒手とはチップのことだ。卯之吉はひょうひょうと出ていった。銀八が廊下で膝を揃えて一礼して、障子を閉めた。

但馬屋善左衛門は難しげな表情で唸った。

「途方もない阿呆のように見えて……途轍《とてつ》もない胆力の持ち主のようにも見える。あれが江戸一番の豪商か。まさに人知を超えた大商人……わしなどまだまだ小物《こもの》であったと見える」

銀八が聞いたら「それは誤解でげすよ」と答える場面だ。


卯之吉は三国屋の前で荷の到着を待っている。

「源之丞さんの国許で奪われた木箱、いったい何が入ってるんだろうねぇ？　ああ、そわそわするねぇ」

期待の顔つきで夜道を見つめている。

「まったく。子供と同じでげす」

さすがの銀八も呆れた様子だ。

抜け荷の秘密を守るために人まで殺されたのだが、卯之吉はそんなことは忘れているらしい。

銀八も夜道を見て、アッと叫んだ。

「村田様たちがこっちに来るでげすよ」

村田と尾上と粽、さらには奉行所の小者たちまで十人も引き連れている。

「いけねぇでげす。このままじゃあ荷車と鉢合わせしちまうでげすよ」

「ははあ？　町奉行所に帰る途中ですかね？　銀八、手筈どおりに頼むよ」

「へぇい。任せておいておくんなせぇ」

夜道を走り、村田たちに向かっていく。

「村田の旦那！　ご注進でげす」

村田もムッと顔つきを変える。

「なんだ、ハチマキの小者じゃねぇか。どうした」

「木箱を積んだ怪しい荷車が、この通りをあっちに向かっていったんでげす！」

「なにっ、よし、追うぞ！」

村田が走りだす。となれば、疲れ切った面々も一緒に走り出さざるをえない。

卯之吉は一行が遠ざかったのを確かめた。

「ようし、これでいいね。うん、ちょうど荷が届いたようだよ」

荷車の列がやってきた。但馬屋善左衛門が先頭に立っている。

「見つからないうちに運び入れよう。喜七、頼んだよ」

喜七の指図で三国屋の奉公人たちが店から出てきた。急いで木箱を運び入れると、店の表戸を閉めた。

四

評定所は幕府の最高裁判所である。町奉行所などでは判断できない重大事件が起こった時に開廷される。

裁判官の構成は、第一に老中。第二に大目付。さらには町奉行、勘定奉行、寺社奉行が裁きに臨む。皆、幕府の裁判の専門家たちだ。

ほかに目付と呼ばれる旗本も臨席したが、こちらは立会人としての役割が多かった。


「梅本源之丞様、どうぞこちらにお渡りを」

お城坊主が先に立って案内する。江戸城は広い。案内がなくてはどこにも行けない。気の短い源之丞にとっては何もかもが腹立たしかった。

（評定所に引き出されるとは、舐められたもんだぜ）

評定所で扱われる裁判のほとんどは民事訴訟だ。今回は、但馬屋が訴えを上げた経済犯罪なので、源之丞が裁きの場に出頭を命じられたのだった。

評定所の広間のずいぶん下座に源之丞は着座を命じられた。目付がスッと背後に寄ってきて座る。被告人が暴れ出した時に取り押さえるためだ。まるっきり罪人の扱いであった。

すでに三奉行は席についている。屋外の白い砂が敷き詰められた庭——俗に言うお白州《しらす》には、但馬屋の主人と手代が座らされていた。

さらには評定所番という武士たちが警固についた。評定所の雑務をこなす者たちだ。

大目付の山根兵庫介が入ってくる。横目で源之丞を見た。

「ほう。大名家の子ともあろうに、評定に臨むとは」

恥知らずな奴め、という顔と口調だ。

武士の犯罪者は罪を疑われた時点で腹を切る。裁判になる前に自害する。それが最後の誇りであった。

しかし源之丞は「腹を切れ」と言われても絶対に切らない男だ。なんとしても潔白を証明し、敵に屈辱を返してやろうとする。だから評定の場にもやってきた。

抜け荷のからくりを白日の下に晒してやる。一味の者たちに裁きを加えるのだ。

源之丞はふてぶてしくそっぽを向いた。

最後に甘利備前守が入ってきて、一番の上座に座った。今月の月番《つきばん》老中だったので評定を差配することになったのだった。

＊

その頃。梅本領で奪われた抜け荷の木箱は江戸城内の蘭書訳局に運び込まれていた。

蓋が開けられ、蘭学者たちが中の物を取り出している。

「おおっ、これはリンネ先生の『しすてま・なつらえ』ではござらぬか！　噂も高き名著にござるぞッ」

洋書を取り出しページを開く。何人もが肩の後ろから首を伸ばして覗き込んでいる。ページを捲るたびに一斉に「おお」とか「ああ」など、賛嘆の声が相次いだ。

「こちらは〝かめら・るちだ〟にござるぞ！　洋書の挿絵では目にしておったが、実物を目にするのは初めてだ。なんと精巧な造りであろうか」

今日のカメラの元となった光学機器である。風景の写生や測量に使われる。

別の箱を開けた蘭学者が不思議な物体を持ち上げた。

「なんでござろうか、これは」

卯之吉が目を向けて答える。

「それは、しゃぼてんという植物です。メリケン国の灘《たん》に生えているそうですよ」

灘とは砂漠のことだ。中国語である。日本で灘は海の難所を意味するが、それは漢字の誤用なのであった。

「あいたた！　針が指に刺さるぞッ」

「まことに面妖《めんよう》な植物だのう」

しゃぼてんを皆で興味深そうに観察する。

他にも医療器具や岩石標本などの珍奇な品々が入っていた。蘭学者たちはいちいち調べては歓声をあげた。

和解御用の土屋総右衛門が卯之吉に向かって低頭する。

「八巻様のお陰で、大事な品々の喪失を防ぐことが叶いました。これにて蘭学の振興も進みましょう」

「ああ、うん」

卯之吉は木箱を熱心に眺めている。唐物が納められていた、ただの汚い木の箱だ。どこに関心を惹かれたのかわからない。土屋は首を傾げた。

「その箱が……いかがなさいましたか」

「うん。良い香りがするねぇ、と思ってね」

顔を近づけてクンクンと嗅《か》いでいる。まったくの奇行だ。

御用取次役——すなわち将軍の側近——の振る舞いとは思えない。土屋は焦りつつも話を続ける。

「しかし八巻様。抜け荷の品を、いかにして手に入れたのでございましょうか」

「南町の卯之吉っていう同心様が手を回してくれたのさ」

箱を細い指先で撫でていたが、ふと、顔を土屋に向けた。

「ここに、火打ち石と着け木はございますかねぇ？」

「もちろんございますが？」

蘭書の翻訳には時間がかかる。時には夜なべ仕事になることもあった。灯火をつけるための道具は揃っている。

卯之吉は火打ち石をカチカチと打った。火の粉が蒲《がま》の穂に落ちる。着け木を近づけると、着け木に塗られた硫黄《いおう》に簡単に火がついた。これが江戸時代のマッチである。

卯之吉は着け木の火を箱に近づける。木箱の表面が焦げた。卯之吉はその焦げ痕をまじまじと見る。

「八巻様、それは、いったいなんでございますか？」

土屋も不思議そうに顔を近づけてきた。

五

「揃ったようじゃな」

甘利は評定所内に集まった面々を確認した。それから居住まいを正して声を発した。

「一同の者、大儀である」

その場の全員が平伏した。この場の甘利は〝将軍の代理人〟として裁判を開廷する。

甘利は手にした扇子を膝の上で立てて握った。これが公務中であることを示す仕種だ。

「但馬屋の告訴状は読んだ。梅本家に預けた荷を奪われたのみならず、盗賊を采配したのは但馬屋であると疑われておる、とのことだが？　直答を許す。神妙に答えよ」

お白州の但馬屋善左衛門が大きく頷いた。

「仰せの通りにございます。お預けした荷を失くされただけでも手前どもにとっては大損にございますのに、この但馬屋を抜け荷の一味であるとの、あらぬお疑い。さらには、荷を盗んだのは手前どもの手下に相違ない、などと、ありもせぬ濡《ぬ》れ衣《ぎぬ》を……まったくもって迷惑至極。正気の沙汰とも思えませぬ。かくなるうえは評定にて手前どもの潔白を証明していただきたく、お願い申し上げまする」

備前守は源之丞に目を向ける。

「そのほうの申《もう》し条《じょう》や、いかに」

老中は、公式の場では誰に対しても「そのほう」と呼ぶ。やはり将軍の代理人であるからだ。

「奪われた荷が、抜け荷の品だという確かな証拠でもあるのか」

源之丞は居住まいを正して答える。

「我らを襲った曲者どもは異国人でございました。清国や琉球の武器や武芸を使う者たちばかり。その者どもを運んできたのは但馬屋の船でございました。但馬屋の用心棒に相違なし。但馬屋の命を受けて荷を取り戻すべく襲いかかってきたのに相違ござらぬ」

「但馬屋、いかに答える」

お白州の但馬屋は呆れた表情を浮かべた。

「確かに、それらの曲者は、手前どもの船に乗ってきたようにございますな。されど、長崎や敦賀《つるが》などの寄港地で船に乗り込む乗客は珍しくもございませぬ。いちいち素性を検めることも叶いますまい」

「曲者を運んだことは、認めるのじゃな？」

「江戸の大川の渡し舟も、知らずに曲者を運ぶことはございましょう。それをいちいち咎め立てされては、船頭のすべてが牢屋送りとなってしまいまする」

途端に大目付の山根がカラカラと笑った。

「これは一本取られましたな。但馬屋の申す通りじゃ」

甘利は不快そうに眉をひそめる。

「笑い話ではないぞ」

「備前守様。船に乗ろうとする者すべての素性を見抜き、腹中に曲事《くせごと》を隠しておる者を捕縛せよ、と言われてもできぬ話。今回の件で但馬屋を罪に落して捕らえるのは無理な話かと心得まする」

甘利はううむと唸った。山根の言っていることに筋が通っていることだけは、認めなければならない。

お白州の但馬屋善左衛門は勢いに乗って発言を続ける。

「そもそも手前どもの木箱の中身が抜け荷だという仰せも、なんの証《あかし》もない決めつけ。濡れ衣にございます」

大目付の山根は「うむ」と頷いて、冷たい眼差しを源之丞に向けた。

「源之丞殿、証はあるのか」

源之丞は答えない。山根は怒りを面に上らせた。

「証もなく商人を責めたてるなど、大名家にあるまじき不行跡！　梅本家に領主たる資格があるのか疑わしいッ」

大名の振る舞いを取り締まる大目付ならではの物言いだ。山根は続ける。

「商人たちの商いを見守り、荷を預かったなら守り抜き、曲者が襲い来たなら撃退するのが士道であろうぞ。梅本源之丞の振る舞いはことごとく士道に外れておるッ。士道不心得も甚《はなは》だしい！」

続けて甘利備前守に顔を向けた。

「この山根兵庫介が愚考つかまつるに、梅本家には改易を申しつけるべく、上様に言上仕《つかまつ》るのが最善と心得まするが、備前守様のご存念やいかに！」

甘利は扇子を握り締めた。唇を噛みしめる。

山根は評定所内の全員の顔を順に見た。

「抜け荷の証拠がないからには、抜け荷があったと断言できぬ。こたびの騒動の責めはすべて梅本家と源之丞にある！　そこもとらに依存はござるまいな？」

三奉行からも目付からも異論は出ない。山根は甘利に向かって座り直した。

「では、かくのごとき評決に達したと、上様に言上してもよろしゅうございまするな」

甘利が渋々と頷こうとした、その時であった。

「異論は、あたしにございますよ」

のんびりとした声が廊下から聞こえてきた。足音が近づいてくる。評定所番の侍が襖を開けた。

卯之吉は開けてもらった間口からヒョコヒョコと入ってきた。

源之丞は（どうして卯之さんがここに）と驚いた様子だ。

目を剝いて騒ぎだしたのは山根だ。

「八巻大蔵ではないか！　御用取次役が何用あっての推参かッ」

推参とは許しもなく押しかけてくることを言う。

卯之吉はヘラヘラ笑いながらいい加減な場所に座った。

「上様御用取次役の八巻大蔵でございます。初めてお目にかかる御方もいらっしゃいますねえ。どうぞお見知り置きを願いますよ。ええと、そちらは北町のお奉行様ですね。ちょっとホッとしましたよ」

さすがに南町奉行は卯之吉の顔を知っている。今回臨席していたのが北町奉行で助かった。

どういう理由でホッとされたのか北町奉行には理解できない。

卯之吉はかまわず続ける。

「御用取次役といたしましては、ただ今の評決を上様にお取り次ぎすることはできませんねえ。まったくの不承知ですよ」

山根は目を怒らせている。

「そのほうの一存で決めて良いことではないッ」

「御用取次役ってのは嫌われ役なのでございましてねえ。お怒りはごもっともでございますが、ほんのちょっとの間、あたしの話を聞いてはいただけませんかねえ」

山根が何か言う前に、甘利が答えた。

「許す。申せ」

「あいあい。ではまず、皆様がお探しの抜け荷でございますがね、ちょうど、こちらにございました」

皆は（なんだって？）という顔をした。

何を言っているのか誰にもわからない。卯之吉も込み入った事情を説明するような根気はない。

薄汚い木箱が蘭書訳局の者たちの手で運ばれてきた。評定所の真ん中に置かれた。

山根が眉をひそめる。

「それが梅本領の漁村で奪われた木箱だと申すか」

「仰る通りです」

山根はチラリと目をお白州に向ける。但馬屋の手代も首を傾げていた。

山根は卯之吉に険しい面相を向けた。

「どこにでもある木箱ではないか。なんならわしの屋敷の蔵にも似たような木箱がいくつもある。これこそが奪われた木箱だと、いかにして証拠立てるつもりか」

卯之吉はそう問われるのを予見していた顔つきで「あい」と答えた。

「その前に、源之丞さん、あなた様はご領地の漁村で但馬屋さんから質草に取った木箱に半紙で封を貼り、その上から字を書いたそうですね。お調べ書きにそう書いてありましたが」

「いかにも、そのようにした」

「その字を、その夜の通りに、この紙に書いちゃもらえませんか」

懐から半紙を出して広げる。甘利が、

「硯《すずり》と筆を持て」

と評定所番に命じた。文机と硯箱の一式が運ばれてきた。

源之丞は筆を取って『梅本家　封』の文字を大きく書いた。

「では次に、こちらの着け木を使ってですね……」

卯之吉は蘭書訳局の時と同じように火をつけると、木箱に炎を当てて表面を焦がし始めた。

見守っていた甘利と山根が身を乗り出す。甘利が声を漏らした。

「字が浮きだしてまいったぞ！」

木箱に『梅本家　封』の文字が黒い焦げとなって浮き上がったのだ。

卯之吉が説明する。

「源之丞さんは半紙を封印として貼って、その上から文字を書かれました。問題なのは、その時に使われた墨です」

甘利が質す。

「なんなのだ、その墨とは」

「チャンでございますよ」

ここにいるのは身分の高い者たちばかりだ。チャンと言われても、それが何なのかわからない。

ただ一人、但馬屋の手代だけが「あっ」と息を呑んだ。今、ここで何が起こっているのか理解した顔つきだ。瞬時に真っ青となって額に冷や汗を浮かべた。

卯之吉が説明を続ける。

「チャンってのは松脂に炭を溶かして作る塗料です。漁村で使われる墨は、ただの墨ではいけないんです。水が掛かれば滲んで読めなくなってしまいますからね。チャンは松脂が水を弾くので字が滲むことがございません。漁師さんたちは年貢の樽に印を書くときにもチャンを使っていたのでございますねえ。なんといっても年貢でございます。万が一にも読めなくなったら一大事ですからねえ」

卯之吉は木箱の焦げを指でなぞる。

「源之丞さんは半紙を貼ってチャンで字を書いた。チャンは松の樹液です。紙と糊を通して松脂が木の箱に染み込んだ。松脂は松明《たいまつ》の原料になるぐらい良く燃えるんです。だから火を近づけると松脂の部分だけが良く焦げて、この通り、字となって浮き出てきたのでございますよ。まあ、あぶり出しと同じですね」

卯之吉はたった今ここで源之丞が書いた文字と、焦げて出てきた字とを近づけて示した。

「同じ手跡《しゆせき》ですねぇ。字の癖はそうそう真似ができません。……これは酷い癖字ですねぇ、源さん」

「ほっとけ」

「こんな酷い字はなかなかに真似ができません。同じ人が書いた字と認めて良いわけです。ですから、この箱が、その夜に奪われた木箱だとわかるわけです」

もはや誰も反論をしない。取り調べと証拠固めを職務としている大目付と三奉行は、賛嘆の目で卯之吉を見ていた。

「さすがは上様の御用取次役様じゃ。これほどまでの才覚をお持ちとは……」

などと誰かが呟いている。卯之吉は自分の評判にはまったく関心がない。そしらぬ様子で続ける。

「そして箱の中身は抜け荷の唐物でした。蘭書訳局で検めましたので、ご不審の点があるなら和解御用の土屋様にお問い合わせを願いますよ」

大目付の山根は歯ぎしりをして黙り込んでいる。

甘利はお白州の但馬屋善左衛門に質した。

「申し開きができるか！」

但馬屋は唐突に「あっ」と叫んだ。卯之吉を指差している。

「お、お前は三国屋の放蕩息子ではないかッ！　なんだこの茶番はッ」

甘利が目を剝いて焦りだす。これはまずい。

「だっ黙れッ、上様の御用取次役をいったい誰と見間違えておるのかッ。さては乱心いたしたかッ」

怒鳴りつけて誤魔化《ごまか》すことにしたようだ。

「評定所番に命ずる！　但馬屋善左衛門と手代の者を引っ捕らえよッ。北町奉行は奉行所において余罪のことごとくを白状させるが良いッ」

北町奉行が「ハッ」と答えて立ち上がる。評定所番と一緒になって但馬屋と手代を取り囲んで連行した。

その場の一同が但馬屋を見送った。「さて」と甘利が続ける。皆は背筋を伸ばして居住まいを正した。

「梅本源之丞。よくぞ抜け荷を見抜いた。そのほうの眼力によって悪徳商人を捕縛することができた。領民ともども曲者相手に奮闘せしことも褒めてつかわす。梅本家への処罰はない。追って上様よりお褒めの沙汰があろう」

源之丞はサッと平伏した。

「ありがたき幸せ。曲者の手にかかった漁師たちも、これで成仏できましょう」

甘利は大きく頷いた。それから山根兵庫介に目を向けた。

「それがしはただ今、上様のご名代《みょうだい》として評定を執り行っておる。上様に成り代わって詰問いたす。兵庫介、そのほうは新潟奉行と綿密に協議を交わしたはず。にもかかわらず、かような悪事を見逃すとは何事！」

山根は苦虫を噛み潰したような顔つきだ。内心の動揺を隠せていない。

「存じませぬ」

「知らぬ存ぜぬではすまされぬ！　梅本家よりの調べ書きによれば、但馬屋の荷船には抜け荷の木箱が二十三も積まれておったとある。さらには唐人や琉球の武術を使う悪党どもも乗船しておった。新潟奉行所の役人たちが悪事を見抜けぬはずがない。見て見ぬふりをするようにと、そのほうが命じたのではないか！」

「なにを証拠に！」

「いま見たものが証拠であろう！」

「知らぬものは知らぬッ」

「そこもとは但馬屋とは昵懇。但馬屋の金蔵よりそこもとの屋敷へ千両箱が運ばれたことも一度や二度ではない。公儀隠密がしかと見届けておるぞ！」

「諸事物価高騰の昨今。年貢だけでは金策もかなわぬのが我ら大名！　大名家が商人より借財するなど珍しくもない！　かく仰せのご老中とて、三国屋より借財を重ねておりましょうぞ！　それがし、大目付として甘利様の不行跡《ふぎようせき》を問い質すこともできまするぞ」

「それがしの借財は上様に届けを出しておる。しかし、そのほうからは、借財の件についての届けがいっさい出されておらぬ」

　山根はなおも言い訳を並べようとした。だがその時、

「見苦しいぞッ山根！」

大喝《だいかつ》が響きわたった。皆、驚いて上座を見る。一番奥の壁には御簾《みす》が下ろされてあった。その御簾に男の影が映ったのだ。

山根は、その声と影が誰のものなのか即座に悟った。

「うっ、上様……！」

御簾の奥で将軍が評定を見守っていたのだ。将軍の影が判決を下す。

「山根兵庫介と新潟奉行の両名は、本日ただ今をもってその職を解く！　山根兵庫介！　追って沙汰があるまで屋敷にて蟄居《ちっきょ》いたすがよい！」

蟄居とは自分の屋敷から外に出ることを許されぬ禁固刑である。

山根は震える手を畳についた。伏せた顔を上げることもできなかった。

御簾の奥の影が消える。一同は将軍の気配が退出するまで平伏し続けた。

六

数日後の昼。源之丞は深川の料理茶屋で酒杯を呷《あお》っていた。

「あら源さん、ようこそ深川にお渡りを」

菊野が座敷に入ってくる。スッと隣に進むと銚釐《ちろり》を取って酒を勧めた。

「お一人でのご登楼とは珍しいこともあったものですねぇ」

源之丞は酌を受ける。あまり楽しくなさそうな顔つきだ。

「上様からご褒美の金子《きんす》を頂戴したもんでな、長年のツケを納めにきたのさ」

「あら？　源さんの飲《の》み代《しろ》なら、毎回卯之さんが払ってお帰りになりますよ」

「いつもいつも只酒じゃあ、酒も水みてぇな味にならあ」

源之丞は盃を膳に戻した。

「今度も卯之さんに助けられちまった。卯之さんが大金を使って抜け荷を買い占めてくれたって聞いたぜ。酒も卯之さんの奢《おご》り、俺の命も卯之さんの奢りだ」

「よろしいじゃございませんか」

「俺は卯之さんに何もしてやれていないぜ」

「いいんですよ。卯之さんのそばにいてあげるだけで」

「どういう理屈だい」

「卯之さんはああ見えてとても寂しがり屋なんです。源さんが遊びに付き合ってあげているから、毎日楽しそうにしていられるんですよ」

「そうなのかねぇ」

「今回だって、卯之さんは天秤《てんびん》に掛けられていたんです。抜け荷の悪徳商人をわざと見逃して、これからも唐物が日本に入ってくるようにするか。それとも、源さんのお命を救うか。卯之さんは躊躇《ちゅうちょ》なく源さんを救うほうを選びましたよ」

源之丞は「ふん」とひとつ鼻息を吹いた。

「……俺の命が蘭学の振興と釣り合いがとれるほどの値打ちがあるってのかい」

「あるんですよ、卯之さんにとっては」

源之丞は盃を突き出した。

「今日は俺が自腹の座敷だから、派手に芸妓を呼ぶこともできねぇが、つきあってくれるかい姐さん」

「もちろんですよ」

菊野は笑顔で酌をした。

*

江戸城本丸御殿の畳廊下。老中の甘利備前守がせわしない足どりで歩いてくる。両手に持ちきれないほどの帳簿や書類を抱えていた。

「抜け荷の商いでは日本の小判が海外に流出する——徳右衛門も左様に申しておった。よし！　これを契機に日本から抜け荷を根絶してくれようぞ！」

鼻息も荒い。

将軍の執務室に入る。将軍は文机をいくつも並べて奮闘中だ。机には何冊もの書籍や帳簿が積まれている。そのうちの一冊に目を通している最中であった。

甘利は将軍の前に進んで正座した。

「抜け荷の調べは、鋭意進めておりまする。新潟港は言うに及ばず、全国の港で抜け荷が秘かに行われており申した。由々《ゆゆ》しき事態！　早速にも捕り方を手配し、抜け荷を根絶いたす所存にございまする！」

将軍は書物を読みながら聞いていたのだが、書面からチラリと目を上げて甘利を見た。

「その件じゃがな……」

「ははっ」

「取り締まるには及ばぬ」

「なんとッ？」

将軍は読んでいた本を持ち上げると、甘利に向けてページを開いて見せた。横文字の書かれた蘭書であった。

「甘利よ、これが読めるか」

「て、手前は、異国の言葉には不調法《ぶちょうほう》にございまして……」

将軍は小姓に向かって命じる。

「八巻を呼べ」

小姓は慣れきった顔つきで「はっ」と答えると出ていった。甘利はすべてを察した。

「八巻め……上様に蘭学を吹き込みおったな……！」

「何ぞ申したか」

「いえ、何も」

「これまで法度で禁じられていた唐物のうち〝べーてんすかっぷ〟に関するものは解禁といたす。これよりは罪科《つみとが》に問わぬ。よって唐物の商いを咎めるには及ばず」

「べ……べーてんすかっぷ……とは？」

理系を意味するオランダ語である。英語でいえばサイエンスだ。

「わからぬことは八巻に聞け」

その卯之吉がいそいそと入ってきた。

「蘭書訳局の土屋さんから蘭和辞典を借りてきましたよ」

「おう。良くやった。辞典がなくては書見も進まぬ」

将軍は机の上に積まれた洋書を見て目を細めた。

「蘭学は良いものだ。天を見れば星々の運行の理《ことわり》がわかる。雲を見、風を感じれば、明日の天気も知れるようになる。測量の機械を使えば、遠くの山がどれほどの距離であるのかもわかる。余のように城に閉じ込められて暮らす者にとっては何よりの学問。空を飛ぶ翼を得たかのごとき心地ぞ」

「それはよろしゅうございました。和解御用の土屋さんも今回の件で御公儀がへソをお曲げになって『蘭学を禁ずる』などと言い出しはしないかと案じていたのですが、これで安心ですよ」

「余が、そのように物分かりの悪い男だと思ぅておったのか」

「いえいえ。甘利様がそう息巻いていたってぇお話でして」

「わっ、わしが？」

甘利は急いで誤魔化そうとした。将軍に向かって平伏する。

「それがしは頑迷な男ではございませぬッ。それがしの失脚をたくらむ何者かによる誹謗中傷にございましょうッ。それがしの心は上様と同じ。蘭学の振興を願うのみにございまする！」

「まあよい」

将軍は笑って手を振った。

なごやかな空気が流れた。だが、次第に卯之吉は浮かない表情になってきた。

将軍がその変化に気づいた。

「いかがした八巻。思うところがあるのなら腹蔵《ふくぞう》なく申せ」

「はい。今回の抜け荷の品々でございますが……確かに高価な品々でございます。ですが梅本領の皆さんを殺してまで隠さねばならぬ品だったとは思えません」

「つまり、どういうことじゃ」

「もしかしたら木箱の中には、本当に誰にも見られたくない、別の何かも入っていたんじゃないのかと、そんな気がしてきたんですよねぇ……」

甘利が身を乗り出す。

「上様、梅本源之丞を襲いし異国人の武芸者たちも、いまだ行方が摑めておりませぬ。やはり捕縛の手を緩めるべきではないと心得まする」

将軍は「うむ」と頷いた。

＊

島津家の江戸上屋敷。用人の高隅外記は自室で新式鉄砲を構えた。襖に描かれた鷹の絵に狙いをつけて引き金を引く。撃鉄がガチンと落ちた。弾薬と雷管は装塡《そうてん》していないので、発砲はしなかった。

高隅の家来が慌てた様子で廊下を渡ってきた。濡れ縁に急いで正座する。座ると同時に喋りだした。

「大目付山根兵庫介様、ならびに新潟奉行様のご両名がご切腹なさいました。ご公儀には〝急な病で頓死《とんし》〟と届けられてございまする」

高隅外記は動揺することなく、ふたたび銃を構えた。

「罪科《つみとが》を疑われたなら、即、腹を切るのが武士の誉れを守る道。まことに天晴れなご最期だな」

「我らはいかがいたしましょう」

「よい口封じになった、と考えることだ。新潟奉行様を問い質して、我らのたくらみを暴くことは永遠にできなくなった。限りなく好都合よ」

しかし家来は、そこまで楽観的に考えることはできない。

「御用取次役の八巻は恐ろしい切れ者にございます。気味の悪い薄笑いを浮かべつつ山根様を追い詰めていったあの声、あの姿……毎夜、夢に出るほどだと、評定所番の武士たちが申しておるそうにございまする」

「さすがは上様が側近に取り立てた男であるな」

高隅は「ふふふ」と笑った。

「そんなに恐ろしく邪魔であるのなら、いっそのこと斬ってしまえばよかろう」

高隅は立ち上がり、庭に面した障子を開け放った。庭には異国の武芸者たちが居並んでいた。青龍刀やトンファーが冷たく光っている。

家臣はますます不安な顔つきだ。

「かような者どもが江戸の町を歩けば、すぐに町奉行所の同心たちの目に留まりましょう」

その時であった。廊下を堂々と渡ってきた者がいた。

「町奉行所の手出しは許さぬでおじゃるぞ」

栗ヶ小路中納言であった。

「この者ども、麿の配下にするでおじゃる。栗ヶ小路家の従者にすれば、町奉行所の役人では素性を問い質すこともかなわぬ。江戸の街中で行列を組むこともできようぞ。将軍家も京の朝廷にだけは、遠慮があるのじゃ」

江戸にやってきた公家の一行を隠《かく》れ蓑《みの》にして悪事を重ねようという魂胆だ。

栗ヶ小路は、お歯黒の歯を剝き出しにして激怒する。

「八巻めッ、麿に恥をかかせた恨みは忘れぬぞえ！　命をもって償わせるでおじゃるッ」

高隅も薄笑いを浮かべている。家臣だけが不安と恐怖で身を震わせた。

この作品は双葉文庫のために書き下ろされました。

双葉文庫

は-20-30

大富豪同心《だいふごうどうしん》
漂着《ひょうちゃく》 うつろ舟《ぶね》

2024年12月14日　第1刷発行

【著者】
幡大介《ばんだいすけ》

【発行者】
箕浦克史
【発行所】
株式会社双葉社
〒162-8540 東京都新宿区東五軒町3番28号
［電話］03-5261-4818(営業部)　03-5261-4831(編集部)
www.futabasha.co.jp(双葉社の書籍・コミックが買えます)
【印刷所】
中央精版印刷株式会社
【製本所】
中央精版印刷株式会社

【フォーマット・デザイン】
日下潤一

ISBN978-4-575-67223-7 C0193
Printed in Japan